# Seltsame Zeiten

*Geschichten aus dem Lockdown*

Sabine Bartsch (Hrsg.)

SABINE BARTSCH

(Hrsg.)

# Seltsame zeiten

Geschichten aus dem Lockdown

EINE ANTHOLOGIE DES
KULTURZENTRUMS DIESELSTRASSE

© 2022
Kulturzentrum Dieselstrasse e.V.
Dieselstraße 26, 73734 Esslingen
www.dieselstrasse.de
Projektleitung: Sabine Bartsch
Workshopleitung: Julia Hofelich und Sabine Bartsch
Lektorat: Mareike Fröhlich – www.mareikefroehlich.de
Korrektorat: Tessa Fröhlich
Buchsatz & Umschlaggestaltung: Laura Newman – design.lauranewman.de
Herstellung und Verlag: BoD - Books on Demand, Norderstedt
Printed in Germany 978-3-7526-6786-8
Gefördert von der Beauftragten der Bundesregierung für Kultur und Medien.

Liebe Leserinnen und liebe Leser,

was macht es mit Menschen, wenn von einem Tag auf den anderen nichts mehr so ist, wie es war? Wenn die gewohnte Normalität zum Erliegen kommt? Das gemütliche Essen mit Freunden über Monate nicht stattfinden kann und eine Umarmung zur bösen Falle wird?

Das haben wir die letzten zwei Jahre schmerzlich erleben müssen. Nicht nur das soziale, auch das kulturelle Leben stand weitestgehend still. Keine Konzerte, kein Kino, kein Theater. Nichts! Wie kommt man durch eine Zeit, die so noch nie dagewesen ist? Für die es keine Baupläne gibt und keine Gebrauchsanleitungen?

Das Kulturzentrum Dieselstrasse hat Autorinnen und Autoren eingeladen, sich mit dieser Frage zu beschäftigen. In mehreren Workshops wurde gemeinsam überlegt, geschrieben, überarbeitet, vorgelesen, verworfen, neu geschrieben – und auch dabei trugen wir Maske und hielten Abstand. Nach zwei Jahren fast ein Normalzustand.

Wir freuen uns sehr, Ihnen die im zweiten Halbjahr 2021 entstandenen Geschichten nun in dieser Anthologie präsentieren zu können und wünschen Ihnen viel Spaß beim Lesen!

Ihre Sabine Bartsch
Kulturzentrum Dieselstrasse e.V.

*Diese Anthologie wurde gefördert von der Beauftragten der Bundesregierung für Kultur und Medien.*

# Inhalt

## Der Klärungsbedarf der Sachlichkeit

MAREIKE FRÖHLICH

Wolfgang stand mit der Tasse Instantkaffee in der Hand vor dem Schreibtisch und starrte den schwarzen Bildschirm an. Es war ihm so zuwider, auf den Knopf zu drücken, um den Rechner zu starten. All diese Eltern. Mit ihrem Gemotze. Zu teuer, Qualität des Unterrichts fragwürdig, Kind kommt nicht schnell genug voran.

»Klar, sind alle hochbegabt, diese verzogenen Gören«, murmelte Wolfgang. »Wunschträume!« Er nahm einen Schluck von seinem Kaffee und verzog dabei das Gesicht. Lauwarm und dünn. Aber Wolfgang musste haushalten. Mehr als ein Teelöffel Instant pro Tasse war nicht drin. Denn bei den letzten Besuchen im Supermarkt gab es keinen mehr. Ausverkauft. Instantkaffee. »Wie lächerlich.«

Corona hatte nicht nur Toast und Instantkaffee aus den Regalen verschwinden lassen, das Zeug war außerdem viel teurer geworden. Und die Eltern wurden nerviger und nerviger.

Muss ich den Musikunterricht meines Sohnes in voller Höhe weiterzahlen, obwohl der Unterricht nun online stattfindet? Können Sie denn unter diesen Voraussetzungen einen qualitativ hochwertigen Unterricht gewährleisten? Kann man denn die Nuancen des Klanges online richtig hören? Meine Tochter soll von Anfang an ein gutes Gehör für Töne entwickeln.

Bla! Bla! Bla! Wolfgang könnte kotzen, wenn er so einen Mist las. Nicht lesen ging aber auch nicht – schließlich war es seine Musikschule und er brauchte die Kohle dieser Motzeltern. Also lächeln, atmen, den Hass herunterschlucken und noch mal lächeln.

Wolfgang ließ sich auf den Bürostuhl sinken und drückte den Knopf. Mit einem Surren fuhr die alte Kiste hoch.

Wenn er wenigstens jemand hätte, mit dem er über den ganzen Müll reden könnte. Aber seit Marita ausgezogen war, war es still geworden. Und mit anderen reden … ach, die hatten doch alle keine Ahnung. »Bei dir geht es immerhin weiter.«; »Schau dir die Bühnenmusiker an – die verhungern alle.«; »Immerhin bist du gesund.« Bla! Bla! Bla!

Und Paul. Paul tauchte auch nicht mehr auf, seit er studierte. Zu wichtig, der Herr Physiker.

Wolfgang schloss für einen Moment die Augen und atmete tief durch. Danach öffnete er das Mailprogramm.

Fünfundzwanzig neue E-Mails. Er wollte gerade die Betreffzeilen durchlesen, da stach ihm die zweite Mail ins Auge. »Klärungsbedarf« stand da. Er klickte sie an.

**Montag, 25. Januar 2021, 9:21 Uhr**
Betreff: Klärungsbedarf

Sehr geehrter Herr Zimmer,
mir ist aufgefallen, dass auf Ihrem Werbeflyer für das Vorspiel der
Musikschüler Ihrer Musikschule der Text meines Werbeflyers eins
zu eins übernommen wurde.
Ich freue mich zwar sehr, dass Ihnen mein Text gut gefällt, doch
fände ich es schön, wenn Sie Ihren ein wenig verändern würden.
Wir haben das gleiche Ziel, sicher – allerdings denke ich,
dass es für jeden von uns von Vorteil wäre, wenn sich unsere
Veranstaltungen und der Werbetext unterscheiden würden. Jeder
von uns hat andere Schwerpunkte und Stärken und kann diese
wunderbar hervorheben.
Und wir sind ja kreative Köpfe, es sollte daher nicht schwerfallen.
Gerne unterstütze ich Sie als meinen Branchen-Kollegen dabei.
Brauchen Sie also Hilfe bei einem eigenen Text, melden Sie sich
bitte.

Viele herzliche Grüße
Christian Herme

**Musikschule Musikus** | Kastanienweg 25 | 73121 Herrenhausen

Wie eine Welle überrollte Wolfgang die Hitze. Sein Gesicht
glühte. »Nicht dein Ernst, Herr Herme«, zischte er, als er
die Hände zu Fäusten ballte.

Was bildeten sich die Leuten ein? Übernommen. Eins zu eins. Blödsinn. Es gibt Ähnlichkeiten. Maximal.

Wolfgang öffnete die Fäuste, schob die Finger ineinander und ließ die Gelenke knacken. Dann fing er an zu tippen.

**Montag, 25. Januar 2021, 10:39 Uhr**
Betreff: Aw: Klärungsbedarf

Christian,
vielen Dank für deine Nachricht. Mich freut, dass du die Gemeinsamkeiten betonst. Schließlich geht es um eins: Kindern das Musizieren beibringen.
Du schreibst »… Werbetext von meinem Flyer eins zu eins übernommen wurde …« Was willst du damit andeuten? Dass ich ein Dieb bin? Ich persönlich? Oder die Musikschule? Oder gar alle Musikschulen in ganz Deutschland?
Ich wüsste nicht, dass dein Werbetext geschützt ist. Was genau gehört deiner Ansicht nach dir?
Menschen probieren nun einmal gerne herum und entwickeln Dinge weiter – auch Werbetexte.
Du formulierst eine Änderung meines Werbetextes als Wunsch. Ich gehe daher davon aus, dass du clever genug bist, um zu wissen, dass du kein Urheberrecht hast. Nur zur Info: Solltest du auf die Urheberschaft pochen, kommt schnell der Krieg über den Zaun.
Vielleicht solltest du mal drüber nachdenken, ob du nicht lieber Frieden willst.

Gerne kann ich eine Änderung des Werbetextes vornehmen.
Die Rechnung für die neuen Flyer und meine Arbeitsstunden,
die dadurch entstehen, geht dann an dich. Du scheinst es ja
dicke zu haben. Herrscht danach Frieden?
Ich werde mal beim Musikschulverband anfragen, was sie von
deinen Praktiken halten.

Herzlichste Grüße
Wolfgang

*Musikschule Kornhausen* | Schmidtstraße 1a | 73125
Kornhausen

Wolfgang drückte auf »senden«. Das Zischen, das den Versand
geräuschvoll untermalte, tat ihm gut. Beruhigte seine Nerven.

Er würde sich nicht ans Bein pinkeln lassen – er hatte
auch gar keine Zeit dafür, sich ans Bein pinkeln zu lassen.
Die Arbeit wartete schließlich auf ihn.

Der Betreff der nächsten Mail lautete »Kündigung«. Und
der übernächste auch. Super! Immerhin war die überüber-
nächste Mail eine Neuanmeldung.

Er buchte die beiden Schüler zum nächsten Kündigungs-
termin aus dem Verwaltungsprogramm aus und verschickte
die Bestätigungen.

Den neuen Schüler legte er an. Gerade als er die Anmelde-
bestätigung verschicken wollte, pingte es. Eine neue Mail.

**Montag, 25. Januar 2021, 11:14 Uhr**
Betreff: Aw:Re: Klärungsbedarf

Sehr geehrter Herr Zimmer,
herzlichen Dank für Ihre ausführliche Mail.
Allerdings wundert mich der Inhalt Ihrer Mail. Denn es liest sich,
als hätte ich Sie persönlich angegriffen.
Die Aussage, dass Sie mich für »clever genug halten«
überschreitet die Grenze der Höflichkeit. Daher die Frage: Was
habe ich Ihnen getan?
Auch war mir nicht bewusst, dass es einen Nachbarschaftsstreit
(Krieg über den Zaun) zwischen uns gibt.
Zudem beinhaltet Ihre Mail eine Drohung, womit Sie eine weitere
Grenze überschreiten.
Noch einmal zum Sachverhalt: Mir ist aufgefallen, dass der Text
eins zu eins von meinem Werbeflyer übernommen wurde – das
bedarf einer Klärung.
Diese Klärung ist eine sachliche Angelegenheit, daher wundert
mich die emotionale Reaktion mit persönlichem Angriff.

Was der Musikschulverband meint, oder gar alle Musikschulen in
Deutschland – das zu wissen, ist nicht meine Aufgabe.
Hier geht es darum, dass zwei verschiedene Veranstaltungen
zwei verschiedene Ausschreibungs- bzw. Werbetexte haben
sollten. Nur so kann jede Veranstaltung einzigartig sein und den
Interessierten den Mehrwert an Info bringen. Wir wollen ja neue
Mitglieder gewinnen.

Sollten Sie niemanden haben, der gut texten kann, helfe ich – wie bereits angeboten – gerne weiter.

Hier geht es nicht um Krieg, daher brauchen wir auch keinen Frieden.

Ich wünsche lediglich die Änderungen von vier Zeilen Werbetext.

Mit freundlichen Grüßen
Christian Herme

Wolfgang lachte laut auf. »Du Arschloch«, sagte er. »Meinst wohl, du bist hier der geilste Hecht im Becken.«

Er legte die Finger auf die Tastatur. Und hackte auf sie ein.

**Montag, 25. Januar 2021, 11:23 Uhr**
Betreff: Aw:Re:Aw: Klärungsbedarf

Tja, Christian, ich tue mich mit pauschalen Vorwürfen und diffuser Kritik schwer.

Krieg und Frieden: Falls du lesen kannst … Ich habe dir bereits zugesagt, eine Überarbeitung meines Werbetextes vorzunehmen. Mit Rechnung!!!

Ich kann die in deiner Mail geäußerte diffuse und mit Schlagworten umrissene Kritik gegen meine Musikschule nicht einordnen. Daher bat ich dich und bitte dich erneut um Klärung: Habe ich als Musikschulleiter persönlich oder in Bezug auf meine Veranstaltung noch weitere Forderungen, Wünsche, Ansprüche von deiner Seite zu erwarten? Ist es ein Topf ohne Boden und du kommst wieder und wieder und willst immer mehr? Herrscht nach Änderung der Zeilen Frieden? Das bezweifle ich bei Typen wie dir schwer.

Wolfgang

Wolfgang klickte auf »senden«, lauschte dem Versendungszischen und wartete. Fünf Minuten. Zehn Minuten. Er starrte auf den Bildschirm. Nichts. Kein Pling. Fünfzehn Minuten. Er hatte eine Frage gestellt und auf eine Frage antwortete man.

### Montag, 25. Januar 2021, 11:40 Uhr
Betreff: Aw:Re:Aw: Klärungsbedarf

Na, was ist los, Herr Musikschuldirektor? Keine Worte mehr? Immer das Gleiche mit Typen wie dir. Erst mal draufhauen und dann den Schwanz einziehen.

Solltest du eine Entschuldigung loswerden wollen, kannst du dich gerne bei mir melden.

Wolfgang

Wolfgang lehnte sich zurück und verschränkte die Arme vor der Brust.

Erst bellen und dann winseln. Immer das Gleiche mit diesen aufgeblasenen Typen. »War Zeit, dass diesem Arschloch mal jemand Bescheid sagt«, murmelt Wolfgang.

Er schüttelte den Kopf. Dabei fiel sein Blick auf den Musikus-Flyer, der auf seinem Schreibtisch lag. Wie eine Landkarte war er aufgebaut, mit einer Zielführung vom Navi.

»Durch die Musiklandschaft. Wir begleiten dich an dein Ziel! Deine Musikschule Musikus«, las er. »Klar, das ist so geil, dass es alle haben wollen. Bilde dir das nur ein.«

Bestimmt hatte dieser Herme dafür richtig Geld in die Hand genommen, irgendwelche aufgeblasene Werbefuzzis engagiert und dafür den ganzen Zuschuss vom Musikschulverband verblasen. Den Zuschuss, den Wolfgang jedes Jahr dringend brauchte, um überleben zu können. Von den lächerlichen Unterrichtsgebühren, über die die Eltern ja grundsätzlich moserten, ging das nämlich nicht. Bezuschusst war das alles – vom Staat. Aber das interessierte die Damen und Herren Eltern natürlich nicht. Und er musste dafür jedes Jahr seitenweise Formulare ausfüllen und alles offenlegen. Die Hosen runterlassen. Tätigkeitsbericht hier, Finanzaufstellung da, Ziele für das kommende Jahr …

Wolfgang lehnte sich erneut nach vorne, legte die Finger auf die Tastatur.

**Montag, 25. Januar 2021, 11:58 Uhr**
Betreff: Aw:Re:Aw: Klärungsbedarf


Nur zur Info: Ich werde gar nichts ändern, Arschloch!
W.

Erledigt. Ein für alle Mal. Er hatte schließlich Besseres zu tun – er führte eine Musikschule, hatte Verantwortung und nicht die Zeit, sich mit den querliegenden Fürzen eines Möchtegern-Musikschulleiters zu beschäftigen.

Allmählich verlangsamte sich sein Puls. Noch einmal schloss er die Augen und atmete tief durch. Das brachte ihn alles so auf die Palme ... diese Menschen, die durchdrehten wegen dieses blöden Virus und dem Lockdown.

Wolfgang nahm seine Tasse zur Hand, trank. Der Kaffee war kalt geworden. Trotzdem trank er noch einen Schluck, denn einen neuen Kaffee wollte er sich nicht machen. Sparen war angesagt. Da schüttete man keinen Kaffee weg.

»So, jetzt aber mal zu den wichtigen Dingen«, murmelte Wolfgang.

Er scrollte die Mails nach unten. Las die Betreffzeilen. Löschte die Werbung ungelesen.

Als er fertig war, zeigte es immer noch eine ungelesene Mail an. Hatte er eine übersehen? Er scrollte weiter herunter.

»Ah, da bist du ja.« Es war die erste Mail gewesen, die heute bei ihm eingetroffen war. Die hatte er wegen dieser Herme-Arschloch-Mail glatt übersehen.

Betreff: Neuer Leiter des Musikschulverbands

»Sieh an, sieh an. Neuer Wind.«
Er öffnete die Mail und las.

**Montag, 25. Januar 2021, 2.35 Uhr**

Betreff: Neuer Leiter des Musikschulverbands

Liebe Mitglieder, liebe Musikschulleiter:innen,
wir freuen uns sehr, Ihnen Christian Herme als neuen
Vorsitzenden des Musikschulverbandes vorstellen zu dürfen.
Ab 1. März ...

Die Schrift verschwamm vor Wolfgangs Augen.

## Trauerspiel

YASMIN HURAY

Schon von Weitem sah er sie und setzte sich ihr lächelnd
gegenüber. »Tut mir leid, dass es so lange gedauert hat, bis
wir uns endlich sehen, Oma«, sagte er entschuldigend.

Daraufhin folgte ein langes Schweigen.

»Es ist ja nicht so, dass ich dich vergessen habe, oder dass
ich keine Lust hatte, dich zu besuchen«, redete er weiter.
»Ich habe es versucht. Öfters sogar. Aber die Pfleger im Altenheim haben mich nie reingelassen wegen des zu hohen
Ansteckungsrisikos. Immer wenn ich gefragt habe, wann
ich dich endlich besuchen kann, meinten sie, in ein paar
Wochen bestimmt. Wenn die Inzidenz weiter gesunken ist
und ich keine Gefahr mehr für dich darstelle.« Es folgte
eine erneute Pause, in der der Junge auf seine Schuhspitzen
starrte. »Ich weiß, dass du sauer bist«, sagte er nach einer
Weile und sah seine Oma wieder an. »Aber du musst mir
glauben! Ich habe dich nicht vergessen. Allerdings haben
sogar Mum und Dad gesagt, ich soll dich nicht besuchen.

Sie haben sich alle bloß Sorgen um dich gemacht. Auch sie meinten, ich soll in ein paar Wochen zu dir gehen, wenn die Inzidenz wieder gesunken ist.«

Er seufzte angespannt.

Was einst nur für wenige Wochen angekündigt worden war, zog sich nun schon über Monate hin, mit keinerlei Aussicht auf ein baldiges Ende.

Die Panik. Die Einschränkungen. Die Maßnahmen, die sich immer mehr zuspitzten.

Es war allmählich nicht mehr auszuhalten. Obwohl er nichts davon zu verantworten hatte, fühlte er sich dennoch schuldig. Monate waren vergangen, seit er oder seine Eltern seine Oma besucht hatten. *Es war nur zu ihrem Besten, nur zu ihrem Schutz*, redete er sich ein. *Und jetzt bin ich ja hier.*

Dennoch schwieg seine Oma noch immer. Er konnte sie nicht ertragen, diese Stille.

»Du musst dich sehr einsam gefühlt haben«, sagte er langsam. »Mir ging es ähnlich, muss ich sagen.« Und das war nicht gelogen. Kurz zögerte er, doch dann sprudelten die Worte nur so aus ihm heraus. »Ich habe mich eingesperrt gefühlt. Vielleicht nicht so, wie du im Altenheim, aber ich habe mich eingesperrt unter der Maske gefühlt, eingesperrt während des Lockdowns. Aber vor allem eingesperrt, weil ich dich nicht sehen konnte. Anfangs habe ich noch gedacht, ich würde mich an die Masken gewöhnen können, sowie an all die anderen Maßnahmen auch. Aber es ist alles so absurd. So surreal.

Wieso soll ich so tun, als wäre alles in Ordnung, als wäre das alles völlig normal, obwohl es das nicht ist? Jeder tut, als wäre nichts. Als wäre nicht unser aller Leben komplett auf den Kopf gestellt worden.« Er machte eine kurze Pause. »Weißt du, manchmal, da frage ich mich wirklich, ob alle den Verstand verloren haben, aber vielleicht bin ich auch selbst einfach nur verrückt geworden«, sagte er leise und richtete seinen Blick auf den Boden. Dabei erinnerte er sich daran, was auf seinem Weg hierher passiert war.

Gedankenverloren war er vor sich hin getrottet und hatte nicht wirklich auf den Weg geachtet. Zumindest so lange nicht, bis er mit einem Passanten zusammengestoßen war, der seinen Weg gekreuzt hatte.

»Pass doch auf!«, hatte der Fremde ihn angeknurrt. »Noch nichts von Sicherheitsabstand gehört, wie?«

»Tut mir leid«, hatte er bloß gemurmelt.

Kopfschüttelnd hatte der Mann ihn von oben bis unten betrachtet, und als er bemerkte, dass er keine Maske trug, hatte er hastig einen Schritt nach hinten gemacht, sich umgedreht und war davongeeilt, ehe er noch etwas hätte sagen können.

Da erst war ihm aufgefallen, dass er tatsächlich der Einzige gewesen war, der keine Maske getragen hatte.

Wie ferngesteuert waren die Leute um ihn herumgelaufen.

Die Augen ausdruckslos, den Blick starr geradeaus gerichtet. Blind für ihr Umfeld oder ihre Mitmenschen waren sie in einer regelrechten Trance ihren Weg entlanggetrottet, nur darauf bedacht, ja niemandem zu nahe zu kommen. Die Spannung in der Luft war förmlich greifbar gewesen.

»Die Menschen sind kalt geworden, findest du nicht auch?«, fragte er seine Oma, ohne wirklich eine Antwort von ihr zu erwarten. Er hatte sich mittlerweile an ihr Schweigen gewöhnt, auch wenn es ihn traurig stimmte.

Früher hatte seine Oma nie geschwiegen. Aber früher war sowieso alles anders gewesen …

Einige Minuten saß er einfach nur still da, schloss die Augen und lauschte dem Zwitschern der Vögel.

Er dachte zurück, an die vielen vergeblichen Versuche, seine Oma im Altenheim zu besuchen. Besonders an das eine Mal – ihren Geburtstag. Das war vor ein paar Wochen gewesen. Allein die Erinnerung daran erfüllte ihn mit unglaublicher Wut. Er hatte sich nach der Schule auf den Weg zum Altenheim gemacht, um sie zu besuchen und ihr sein Geschenk zu geben. Doch man hatte ihn wieder nicht reingelassen.

»Tut mir leid. Die Inzidenz ist im Moment sehr hoch. Wir können es nicht riskieren, irgendjemanden reinzulassen. Erst recht nicht, wenn du noch nicht geimpft bist. Versuch es in ein paar Wochen nochmal. Vielleicht sind die Zahlen bis dahin ja runtergegangen.« Das war alles gewesen, was ihm einer der Pfleger gesagt hatte, bevor er ihn zur Tür rausgekehrt hatte. Und das nicht gerade sanft.

»Aber … das ist meine Oma und sie hat Geburtstag«, hatte er laut protestiert.

»Vorschrift ist Vorschrift«, hatte der Pfleger bloß erwidert.

Daraufhin war er mit den Nerven endgültig am Ende gewesen. Er hatte den Pfleger lediglich noch darum gebeten, seiner Oma wenigstens das Geburtstagsgeschenk von ihm zu geben. Doch auf diese Bitte hin hatte der Pfleger sein Päckchen bloß angestarrt, als wäre es das Virus selbst, und ihm einfach die Tür vor der Nase zugeknallt.

»Ich konnte dich nicht mal an deinem Geburtstag besuchen«, richtete der Junge das Wort wieder an seine Oma.

»Ich wollte dir dein Geschenk geben und ein Stück Kuchen. Ich hatte extra Zitronenkuchen gekauft, weil du den ja so magst.«

Erneutes Schweigen entstand.

Er schaute in den Himmel, der in rote und rosafarbene Töne getaucht war und atmete tief ein. Für einige Minuten genoss er einfach stillschweigend den Sonnenuntergang und lauschte dem Wind.

*Wenn es nur immer so friedlich sein könnte,* dachte er dabei sehnsüchtig. »Ich wünschte, es wäre alles wieder so wie früher.« Ob er zu sich selbst oder seiner Oma sprach, wusste er nicht genau.

Noch während er es aussprach, wusste er, dass es niemals wieder so sein würde wie früher.

Aber darüber wollte er im Moment nicht nachdenken.

Er wandte sich wieder seiner Oma zu. »Ich hoffe, du weißt, dass Mum und Dad dich genauso wenig vergessen haben wie ich. Ich soll dir liebe Grüße von ihnen sagen. Sie haben es heute leider nicht geschafft. Du weißt ja, dass sie immer im Stress wegen der Arbeit sind.«

Schon wieder Schweigen.

»Aber nächstes Mal kommen sie mit. Bestimmt sogar. Sie haben dich nämlich genauso vermisst wie ich.« Er lächelte seine Oma herzlich an. »Ich wünschte, sie könnten es dir persönlich sagen, denn du scheinst mir nicht zu glauben.«

Schweigen war die Antwort. Was auch sonst?

Dieses Schweigen machte ihn ganz verrückt.

Er schluckte schwer und starrte auf den Boden.

*Warum kann es nicht wieder so sein wie früher?*, dachte er wieder und versuchte seinen Frust hinunterzuschlucken.

Das gelang ihm allerdings nicht. Nervös fuhr er sich durch die Haare.

»Weißt du noch, früher, als wir immer zusammen in der Bäckerei in der Straße waren, in der du früher gewohnt hast?«, fragte er, und lächelte bei dieser Erinnerung. »Du hast den Zitronenkuchen dort geliebt. Ich habe dir an deinem Geburtstag sogar ein Stück von dort gekauft, aber …« Er schluckte schwer und hielt inne. »Ich konnte ihn dir ja leider nicht geben.«

Früher hatte seine Oma fast jeden Tag auf ihn aufgepasst.

Er vermisste diese Zeiten, ertrug es einfach nicht, dass seine Oma so war wie jetzt.

Wenn er nur wüsste, was er tun sollte.

Ihr Schweigen schien langsam auf ihn überzugehen.

Er starrte ausdruckslos vor sich hin und seufzte, ehe er nach einer gefühlten Ewigkeit doch weiterzusprechen begann.

»Weißt du, sie haben alle gesagt, ich solle dich schützen. Ich solle Rücksicht nehmen und Verständnis haben, da alles zu deinem Besten sei.« Er machte eine kurze Pause. »Aber offensichtlich hat dir das nicht viel gebracht. Ich meine, das einzig Schlimme ist doch, dass du deine eigene Familie monatelang nicht sehen konntest, nicht mal an deinem Geburtstag.«

Er ertrug diese Stille nicht länger. Seine Oma war früher immer so aufgeweckt und fröhlich gewesen. Nie hatte sie ihn auch nur fünf Sätze sagen lassen, ohne ihm dabei aufgeregt ins Wort zu fallen. Ihre Augen hatten dabei immer gefunkelt. Sie war so anders gewesen … so lebendig.

Davon schien nichts mehr übrig geblieben zu sein.

Das zu sehen, zog ihm das Herz zusammen. Er wollte es nicht wahrhaben.

Da fiel ihm plötzlich noch etwas ein. Er holte seinen Rucksack hervor und zog das Geschenk für seine Oma heraus. »Das habe ich fast vergessen. Hier ist mein Geburtstagsgeschenk für dich.

Ich weiß, es kommt ziemlich spät, aber ich habe dich ja vorher nicht sehen dürfen. Und, na ja, ich wollte es dir persönlich geben.« Er atmete tief durch und öffnete die Geschenkbox.

Sie war bis oben hin voll mit Fotos. Fotos von ihr und ihm. Fotos von ihr und seinen Eltern.

Fotos aus ihrer Jugend. Auf jedes der Fotos hatte er etwas auf die Rückseite geschrieben. Mal waren es Witze, mal Sprüche oder kleine Briefchen.

Mit zitternden Händen nahm er ein Foto nach dem anderen aus der Box und betrachtete jedes einzelne davon eingehend.

Ein trauriges Lächeln stahl sich auf seine Lippen, während er melancholisch in Erinnerungen schwelgte.

In Erinnerungen an früher, wo alles noch normal gewesen war. An einem Foto blieb sein Blick besonders lange hängen.

Es war ein Familienfoto, auf dem er als kleiner Junge mit seiner Oma und seinen Eltern abgebildet war.

Sie lächelten alle fröhlich in die Kamera und standen eng zusammen. Dieses Foto gab ihm endgültig den Rest.

Tränen traten ihm in die Augen und seine Sicht verschwamm. Beschämt wischte er sich über die Augen und trocknete seine Tränen mit dem Ärmel.

Dann nahm er die Fotos, kniete sich nieder und verteilte die Bilder mit zitternden Händen auf dem Grabstein vor sich, damit seine Oma sie auch sehen konnte.

Als er fertig war, stand er auf, wandte sich ab und lief, ohne sich nochmals umzudrehen, aus dem Friedhof hinaus, während ihm die Tränen übers Gesicht strömten.

## Der Graben

SILJA TOBUSCH

Mit einem lauten Schaben fegt der Straßenarbeiter eine Ansammlung von Scherben vom Bürgersteig in seine Schaufel. Ein Taschentuch, vom Wind angetrieben, entwischt ihm und purzelt über den Asphalt.

Klara beobachtet die zitternden weißen Ecken des Papieres, welches schließlich von einer Straßenlaterne aufgehalten wird.

In einer Ecke an ihrem Hauseingang liegt ein Plakat. »Stoppt den Corona-Wahnsinn« leuchtet ihr in großen, roten Buchstaben entgegen. Ein paar Meter weiter liegt ein buntes Halstuch. Ein Riss zieht sich quer durch den verstaubten Stoff.

Der Lärm des vergangenen Tages hallt in Klaras Ohren nach und will nicht verschwinden. Die Aufregung der Menschen, die dicht gedrängt mit vor Wut verzerrten Mündern die Straße entlang marschierten, die heulenden Sirenen der Polizeiwagen, der dumpfe Aufprall eines Körpers, der auf den Asphalt fiel.

Das Fenster im Flur war zu einem Fernseher geworden, die Nachrichten fanden direkt auf der Straße statt. Klara verfolgte sie und vermisste den Nachrichtensprecher, der das Geschehen für sie einfing und so erklärte, dass es alles einen Sinn ergab.

Sie sieht immer noch Leon vor sich, wie er gestern mit verschränkten Armen vor dem großen Fenster im Flur gestanden hatte und kopfschüttelnd auf die Menschen herunterblickte, die Augenbrauen tief in die Stirn gezogen, die Lippen zu einer weißen Linie zusammengepresst.

Ihr Bruder war der erste der Familie gewesen, der eine Maske getragen und die Türklinken in der Wohnung desinfiziert hatte. Wie gebannt saß er abends vor den Corona-Sondersendungen, recherchierte stundenlang Details zu Übertragungswegen und Hygienemaßnahmen und teilte Klara und ihren Eltern mit, wie sie sich am besten zu verhalten hätten, um die schwächsten Mitglieder der Gesellschaft nicht zu gefährden. Dankbar schlug er die Hände zusammen, als der Lockdown verkündet wurde, kräuselte im gleichen Augenblick seine Nase und seufzte: »Das kommt natürlich reichlich spät.«

Klara machte mit. Sie verzichtete auf ihre Klavierstunden und übte am Keyboard heimlich und leise zwei Stunden mehr am Tag. Sie trug zunächst eine von ihrer Mutter selbstgenähte Stoffmaske, dann eine OP-Maske und nun eine

FFP2-Maske. Sie wusch sich noch regelmäßiger die Hände. Aber sie vermisste die Umarmungen ihrer Freunde und spürte Leons entsetzten Blick auf sich, als sie am Abendbrottisch verkündete, dass sie sich später noch mit Katharina auf einen Spaziergang treffen würde.

»Du musst natürlich wissen, was du tust«, sagte er. »Aber denk daran, dass Mama im Kindergarten arbeitet und Papa in die Produktion muss.« Er wies mit einer theatralischen Geste auf ihre Eltern. »Denk daran, wen du alles gefährdest.«

Sie wusste nicht, was sie darauf antworten sollte.

Leon biss von seinem Käsebrot ab: »Die Leute sollten sich gut überlegen, ob sie überhaupt noch vor die Tür gehen – außer natürlich, sie arbeiten in systemrelevanten Berufen«, sagte er schmatzend.

»Und was ist systemrelevant?«, raunzte ihr Vater und spießte eine Essiggurke auf seine Gabel.

Leon setzte sich kerzengerade hin: »Berufe, die uns weiterhin ein sicheres und gesundes Leben ermöglichen und essenziell sind für den Zusammenhalt unserer Gesellschaft.«

»Ha!«, stieß ihr Vater hervor und ein Stück Essiggurke flog aus seinem Mund und landete neben seinem Teller. »Das bezweifle ich aber ganz stark, dass deine Regierung mit diesen Maßnahmen die Gesellschaft zusammenhält.« Er beugte sich vor und sah seinem Sohn direkt in die Augen. »Was ist mit einer *freien* Gesellschaft?«

Leon wich demonstrativ ein Stück zurück und betrachtete ihn abschätzig. »Freiheit geht nur so weit, wie sie andere

Menschen nicht in ihrer Sicherheit gefährdet.« Er stand abrupt auf und verschwand, ohne sein Brot aufzuessen, in seinem Zimmer.

»Und so beißt sich die Katze in den Schwanz«, murmelte Klaras Mutter und stocherte mit glasigen Augen in ihrem Salat herum.

Klara sah ihren Vater an. »Es ist auch deine Regierung«, sagte sie leise.

Klara verscheucht eine aufgeregt summende Fliege von ihrem Knie und springt vom Fensterbrett, um sich einen Tee in der Küche zu holen. Hinter der angelehnten Tür hört sie die leise Stimme ihrer Mutter und die aufgebrachte Tonlage ihres Bruders.

»Das kannst du nicht machen!«

Klara stößt die Tür einen Spalt weiter auf und sieht Leon, wie er wild gestikulierend und mit puterroten Wangen vor ihrer Mutter steht. Mama sitzt am Küchentisch, die zitternden Hände um eine Tasse Kaffee gefaltet.

Leon schaut gehetzt zur Tür und dann wieder zu Mama. Er atmet einmal tief durch, stützt die Hände auf dem Tisch ab und beugt sich zu Mama herunter. »Mach – das – nicht«, wiederholt er beschwörend.

Alarmiert schaut Klara zwischen ihrem Bruder und ihrer Mutter hin und her. »Was ist los?«, fragt sie schnell in die entstehende Stille hinein, bekommt jedoch keine Antwort.

Mit müdem Blick nimmt ihre Mutter ihren Löffel und rührt damit in der Tasse.

Leon richtet sich mit einem Ruck auf und dreht sich mit weit aufgerissenen Augen zu Klara herum. »Mama will in der Notbetreuung in ihrem Kindergarten arbeiten! Und das in der aktuellen Lage!«

Klara nagt an ihrer Unterlippe und überlegt, was sie antworten soll. Sie denkt an ihren Freund Jasper, der einen kleinen Bruder, aber keinen Vater mehr hat, und dessen Mutter Vollzeit in einem Krankenhaus beschäftigt ist. Sie denkt an die Nachbarskinder Max und Emma, deren Eltern beide im Homeoffice arbeiten sowie an deren stark pflegebedürftige Oma.

Mama hebt abwehrend die Hände und erhebt sich. »Mal schauen«, sagt sie und geht aus der Küche.

Leon schaut Klara finster an. »Hast du denn gar nichts dazu zu sagen?«, faucht er.

Wütend blinzelt Klara zurück. »Sei doch froh, dass Mama nun mit Hilfe ihrer Tabletten wieder Lust zu etwas hat!«

Leon schnaubt laut, stürmt in sein Zimmer und schlägt die Tür hinter sich zu.

Heißer Ärger durchflutet Klaras Körper, sie stapft in den Flur, verwirft dann aber den Gedanken, ihren Bruder zur Rede zu stellen. Stattdessen sieht sie mit laut klopfendem Herzen zur weißen Holztür, hinter der sich das Schlafzimmer der Eltern verbirgt. Anklagend steht die Tür da, doch Klaras Kopf ist leer. Wie kann sie ihrer Mutter einen Rat geben, wenn sie selbst nicht weiß, was richtig ist?

Ihr fällt ein, dass sie noch einige ihrer Klavierstücke üben wollte und dreht sich, erleichtert über ihre Entschuldigung, um und schleicht in ihr Zimmer.

Mama hatte schon immer viel Zeit für sich gebraucht, doch zwei Wochen nach dem Beginn des Lockdowns war sie zum ersten Mal morgens nicht aus dem Schlafzimmer gekommen. Ratlos stand Klaras Vater vor der Zimmertür und Klara holte das Tablett mit dem Frühstück wieder heraus, das sie ihrer Mutter morgens hingestellt hatte. Mama lag im Bett, die Augen starr zur Decke gerichtet.

»Wie geht es dir, Mama?«, fragte Klara leise.

Ihre Mutter drehte langsam den Kopf zu ihr und murmelte: »Es wird alles gut, mein Schatz, mach dir keine Sorgen.«

Bei jedem Wort verstärkte sich der schmerzhafte Druck, der sich seit einiger Zeit in Klaras Brust ausbreitete. Sie hatte die Liste an psychotherapeutischen Praxen gesehen, die ihr Vater auf den Küchentisch gelegt hatte.

»Was soll das heißen?«, schnaufte er wütend ins Telefon. »Neun Monate Wartezeit? Das ist ja verrückt! Und wenn wir privat zahlen?«

Die Sprechstundenhilfe war so außer sich, dass Klara ihre schrille Stimme noch durch den Telefonhörer am Ohr ihres Vaters hörte.

»Das ist keine Frage des Geldes! Wissen Sie eigentlich, was aktuell los ist?«

Verwundert und hilflos betrachtete ihr Vater das Telefon und legte auf.

Ein Klopfen reißt Klara aus ihrem Stück, welches sie gerade auf ihrem Keyboard übt. Sie nimmt die Kopfhörer ab und dreht sich zur Tür. Der lockige Kopf ihrer Mutter lugt herein. »Abendessen«, sagt sie und verschwindet wieder.

Erleichtert darüber, dass ihre Mutter wieder aus dem Schlafzimmer herausgekommen ist, atmet Klara auf. Allerdings hat sie keinen Hunger. Und noch weniger Lust auf weitere Diskussionen.

Im Wohnzimmer angekommen setzt sich Klara an den gedeckten Tisch. Schweigend läuft ihre Mutter zwischen Küche und Esstisch hin und her und platziert die Teekanne zwischen dem gekochten Schinken und dem Salzstreuer.

Leon kommt ebenfalls ins Zimmer stolziert, setzt sich und nimmt sich eine Scheibe Brot. Er wirft einen Blick auf die Uhr. »Lasst uns schnell essen, wir sollten die Tagesschau nicht verpassen.«

Ihr Vater gibt ein Geräusch von sich, das sich wie das Knurren eines wütenden Hundes anhört. »Ich kann es nicht mehr hören.«

Klara schweigt. Sie weiß nicht, ob sie wissen will, warum genau die Menschen demonstrieren. Sie weiß nicht, ob sie es für richtig oder unverantwortlich hält. Sie weiß nur, dass sie weder die Wut ihres Vaters noch die Mahnungen ihres Bruders ertragen kann.

»Ich habe schon auf YouTube gesehen, was sie mit den Menschen auf den Demos gestern veranstaltet haben«, fährt ihr Vater hitzig fort. »Die Menschen gehen für ihre Grundrechte auf die Straße und werden von der Gesellschaft mit den Füßen getreten!« Er schlägt mit der Faust so fest auf den Tisch, dass eine Tomate von Klaras Teller kullert.

Sie zuckt erschrocken zusammen. Ein Schwung heißer Kräutertee schwappt aus der Tasse, landet schmerzhaft auf ihrem Handgelenk und tropft auf die Tischdecke.

»Du solltest die richtigen Medien verfolgen«, sagt Leon gebieterisch, »dieses Pack hat schließlich tausende Menschenleben auf dem Gewissen.«

Klara lässt vor Schreck ihr Stück Brot fallen. Vorsichtig lugt sie von ihrem Teller hoch zu ihrem Vater. Dieser hält das Besteck in beiden Händen und schaut mit offenem Mund auf seinen Sohn. Er will etwas sagen, verhaspelt sich. Klara sieht, wie sein Körper erzittert. Mit einem lauten Knall landen Messer und Gabel auf dem Tisch.

»Schwachsinn!«, brüllt er.

»Sie tragen alle keine Maske«, sagt Leon mit eiskalter Stimme.

»Natürlich!«, stößt ihr Vater hervor und schüttelt ungläubig den Kopf. »Sie demonstrieren ja auch gegen das Tragen der Maske.«

Leon reißt die Augen weit auf. »Verbrüderst du dich etwa ebenfalls mit den Rechten?«

Klara läuft es eiskalt den Rücken herunter. Sie will nach ihrem Bruder greifen, doch ihre Hände scheinen am Tisch festgeklebt zu sein.

Ihr Vater schluckt mehrmals und atmet stoßweise aus. »Rechts? Wenn kritisches Nachdenken rechts ist, dann bin ich halt rechts!« Er springt auf und wirft dabei seine Teetasse um, welche den gekochten Schinken mit einer bräunlichen Flüssigkeit übergießt.

»Papa!«, ruft Klara und versucht erfolglos, zumindest die Butter vor der Kräuterbrühe zu retten. Sie schließt kurz die Augen. »Mozart, Sinfonie 40«, denkt sie und versucht die vertraute Melodie abzurufen, aber es funktioniert nicht.

»Denk doch mal nach«, brüllt ihr Vater und tippt sich mit dem linken Zeigefinger an die Stirn. »Alles geht kaputt wegen diesem Wahnsinn! Die Produktionen stehen still, uns wird vorgeschrieben, wen wir wann treffen dürfen! Das ist die totale Diktatur!« Sein Blick ist starr auf Leon gerichtet, seine Brust hebt und senkt sich schnell.

Leon lehnt sich unbeeindruckt mit verschränkten Armen nach hinten und beginnt, mit dem Stuhl zu kippeln. Langsam schüttelt er den Kopf. »Wegen Leuten wie dir werden die Intensivstationen auf den Krankenhäusern überlaufen. Die Zahlen sprechen für sich. Ich kann nicht glauben, dass mein eigener Vater so etwas sagt.«

Klara schnappt nach Luft. Das Gesagte dreht sich in ihrem Kopf und verpufft, bevor sie darüber nachdenken kann.

Ihr Vater macht einen Schritt auf Leon zu und hebt die Hand. In dem Moment schafft es Klara, ihre Hände von der Tischplatte zu lösen. Sie springt ebenfalls auf.

Ihr Vater blinzelt ein paar Mal, lässt die Hand sinken und tritt wieder zurück.

In der darauffolgenden Stille hört Klara das Knarzen von Leons Stuhl.

Dann schaut ihr Vater Leon an. »Die Produktionen stehen still. *Alles* steht still.« Kraftlos lässt er sich auf seinen Stuhl sinken.

Klara spürt, wie eine kalte Fessel sich um ihre Kehle legt. »Was meinst du damit, Papa?«, flüstert sie.

Er blickt sie an. Dunkle Furchen ziehen sich durch die Haut unter seinen Augen. Dann sieht er zu Leon. »Ich werde meinen Job verlieren.«

Klara bleibt das Herz stehen. Das Knarzen von Leons Stuhl ist nicht mehr zu hören. Er öffnet den Mund und ringt nach Worten.

Ihr Vater streckt den Arm aus und deutet mit dem Zeigefinger auf Leon: »Wegen Leuten wie dir verlieren Menschen ihre Jobs, ihre Existenz. Fahr – doch – zur – Hölle.«

Leon springt so schnell auf, dass sein Stuhl umkippt und polternd zu Boden fällt. Mit dunklen Augen blickt er seinen Vater an, dreht sich auf dem Absatz um und verschwindet aus dem Zimmer.

Klara merkt, dass sie zittert. Sie blickt auf ihr halb geschmiertes Brot und sieht dann nach links. Der Stuhl ihrer

Mutter ist leer. »Wo ist Mama?«, fragt sie leise, doch ihr Vater antwortet nicht. Sie blickt ihn an und sieht, dass eine Träne seine rechte Wange herunterrollt.

Sanft versuchen Klaras Hände über das Klavier zu gleiten, jedoch rutscht ihr rechter kleiner Finger ab und trifft schon wieder den falschen Ton. Seufzend gibt sie auf. Ihre Hände und ihr Kopf wollen nicht mehr. Sie nimmt den Kopfhörer ab und schaltet das Keyboard aus. Schweigend blickt sie auf die Tasten und versucht, sich noch einmal Mozarts 40. Sinfonie in die Gedanken zu rufen. Die leisen Töne mischen sich in ihrem Kopf mit der Stimme ihres Vaters: »Ich werde meinen Job verlieren.« Sie starrt auf ihre Noten, die vor ihren Augen zu tanzen beginnen.

In diesem Moment öffnet sich knarzend die Tür. »Hast du Mama gesehen?«, fragt ihr Vater.

Klara schüttelt den Kopf. »Ist sie nicht im Schlafzimmer?«

»Nein«, sagt er.

Sie schauen sich an. Klara erinnert sich an die zusammengesunkene Gestalt ihrer Mutter am Küchentisch, den Teelöffel in der Hand. An ihr Schweigen beim Abendbrot und an den leeren Stuhl, nur gerade so eben vom Tisch weggerückt.

»Vielleicht ist sie bei Leon.« Eilig steht Klara auf, schiebt sich an ihrem Vater vorbei, geht mit schnellen Schritten zu Leons Zimmer und klopft an. Von innen hört sie wummernde Bässe, die selbst durch die Tür das Herz in ihrer Brust laut klopfen lassen. Mama würde die lauten Bässe nicht ertragen. Klara spürt ihre Knie weich werden.

»Leon«, ruft sie ungeduldig und reißt schließlich so schwungvoll die Tür auf, dass sie ins Zimmer hineinstolpert. Leon sitzt an seinem Laptop und sieht sie erzürnt an. »Raus«, murrt er.

Klara spürt, wie sich ihre Brust vor Wut zusammenzieht. »Nein, *du* kommst raus. Mama ist weg«, zischt sie ihn an.

Irritiert runzelt Leon die Stirn. »Was meinst du mit weg?«

Genervt geht Klara auf ihren Bruder zu und packt ihn am Arm. »Sie ist nicht mehr hier. Es ist nach elf Uhr. Da stimmt etwas nicht.« Als sie die Worte ausgesprochen hat, weiß sie, dass sie wahr sind. Kalte Angst durchfährt ihren Körper.

»Vielleicht ist sie ja nur … auf einem ihrer Spaziergänge?«, fragt Leon und krallt seine rechte Hand um seinen Laptop.

In dem Moment hört Klara das Ratschen eines Reißverschlusses. Sie dreht sich um und sieht, wie ihr Vater sich seine Schuhe zubindet. Seine Knie knacken laut, als er sich wieder aufrichtet und die Hand auf die Türklinke legt.

»Ich komme mit!«, ruft Klara schnell.

Er hält inne, nickt kurz und lässt die Hand wieder sinken.

Eilig greift sich Klara ihre Jacke und Schuhe und beginnt hektisch, sich anzuziehen.

»Es ist Ausgangssperre!«, hört sie Leon entgeistert hinter sich rufen, als sie die Haustür ins Schloss zieht.

Auf der Straße empfängt sie kalte Luft. Trotz des Frühlings kann Klara ihre Atemluft sehen, die sich wie eine kleine

Wolke vor ihrem Gesicht ausbreitet. Sie steckt die Fäuste in ihre Jackentaschen und folgt schnell ihrem Vater, der mit raschem Schritt vorausgeht.

Still liegt die Straße da. Nur das Rascheln der Blätter einer der wenigen Bäume ist zu hören, der neben dem großen Fahrradständer seine Äste in den Himmel reckt. Nur vereinzelte Fetzen von Plakaten erinnern noch an den gestrigen Aufruhr. Die Straßenlaternen werfen kühle Lichtkegel auf die Gehwege. Von den Fassaden der Altbauten, welche die Straße säumen, kann Klara jedoch nur düstere Umrisse erkennen. Hier und da sind Fenster erhellt, das warme Licht weit weg vom Trappeln der Schuhe, welches sie nicht vermeiden können.

Auf einmal hört Klara hinter sich schnelle Schritte. Sie erinnert sich an Leons Warnung. Werden sie nun erwischt?

»Wartet doch!«, hört sie die keuchende Stimme ihres Bruders. Klara und ihr Vater bleiben stehen. Sie wirft einen Blick über die Schulter. Mit an den Körper gepressten Armen und FFP2-Maske im Gesicht steht Leon hinter ihnen, die Augen huschen panisch zwischen Klara, ihrem Vater und der menschenleeren Straße hin und her.

Wortlos sieht ihr Vater ihn an, dreht sich um und geht weiter.

»Wisst ihr denn überhaupt, wo ihr suchen wollt?« Leon ist nun neben ihnen und zupft an seiner Maske, um besser Luft zu bekommen.

Ihr Vater starrt angestrengt weiter geradeaus. »Im Park«, antwortet er knapp.

Klara hat Mühe, mit den langen Beinen von Leon und ihrem Vater Schritt zu halten. Sie stolpert über einen schiefen Pflasterstein und rudert wie wild mit den Armen, um das Gleichgewicht zu halten. Wortlos greift ihr Vater im Gehen nach ihr und zieht sie weiter.

»Im Park?«, fragt Leon, der Klaras Straucheln nicht bemerkt zu haben scheint. Dann schnaubt er, seine Maske erzittert. »Ich habe ihr schon tausend Mal gesagt, dass sie so spät nicht mehr spazieren gehen soll.«

Abrupt bleibt ihr Vater stehen. Klara prallt in seinen Rücken. Ihr Vater dreht sich langsam um, schiebt Klara zur Seite und tritt einen Schritt vor. Sein Gesicht erscheint im Schein der Straßenlaterne und Klara kann sehen, wie die Ader an seinem Hals langsam anschwillt und eine rote Verfärbung seine Stirn hinunterkriecht. »Lass das endlich!«, presst er mit mühsam kontrollierter Stimme hervor. »Lass uns in Ruhe. Mach was du willst, aber lass uns in Ruhe damit.« Er atmet noch einmal tief durch, dann läuft er weiter.

Leon schnaubt wieder wütend und versucht, ihn einzuholen.

Da hört Klara sich schreien. »Hört auf!« Sie verschluckt die kalte Luft und muss husten.

Ihr Vater und Leon bleiben stehen und starren sie an.

Eine Haarsträhne fällt ihr ins Gesicht und verfängt sich in ihrem Mundwinkel. »Hört endlich auf!«, keucht sie erneut. Hektisch streicht sie die Strähne hinters Ohr. »Mama ist weg. Fragt ihr euch gar nicht, wieso?« Sie spürt wieder die Angst, die sich in ihre Brust bohrt.

Fast simultan heben beide den rechten Arm, deuten auf den jeweils anderen und starren sich an.

Klara schüttelt den Kopf. Auf einmal spürt sie, wie müde sie ist. »Lasst uns zum Park gehen.« Sie geht an Vater und Bruder vorbei und auf das dunkle Loch am Ende der Straße zu.

Der Park liegt ebenso verlassen da, wie die Straßen auf dem Weg dorthin. Klara blickt sich um und kann ein paar dunkle Sträucher und knorrige Sitzbänke erkennen. Die Beleuchtung funktioniert nicht überall, nur ein Mülleimer ist in trübes Licht getaucht. Daneben liegt eine einsame OP-Maske auf dem Boden.

»Mama!«, ruft Klara zaghaft und schaut angestrengt auf die dunkle Wiese, die vor ihr liegt.

Schwer atmend kommt ihr Vater neben ihr an. Entmutigt schaut auch er sich um.

»Luise, wo bist du nur?«, flüstert er. Mit leicht gebeugtem Kopf sieht er zu Klara und Leon herüber. »Ich hatte ihr noch nichts von meiner Kündigung gesagt.« Er bohrt mit seiner Schuhspitze ein kleines Loch in den weißen Kiesweg, welches aussieht wie ein Graben.

Klara schluckt ein paar Mal und unterdrückt das Zittern, das in ihr aufsteigt.

Leon blickt ihren Vater mit großen Augen an. »Ich weiß, wo sie ist«, sagt er auf einmal.

Klara und ihr Vater reißen die Köpfe zu ihm herum, doch Leon ist schon losgelaufen, seine Schritte knarzen laut im Kies. Klara zieht an der Jacke ihres Vaters und beide stolpern ebenfalls los und Leon hinterher.

Den Windungen des Weges folgend, dringen sie tiefer in den Park vor. Klara spürt, dass sie trotz der Kälte anfängt, unter ihrer dicken Jacke zu schwitzen. Plötzlich bleibt Leon stehen. Als Klara keuchend neben ihrem Bruder ankommt, sieht sie eine kaum sichtbare Kreuzung im Dunkeln liegen. Leon biegt mit vorsichtigen Schritten in den kleinen Pfad ab.

Klara folgt ihm wortlos. Der Weg windet sich zu einem kleinen Platz mit mehreren angelegten Blumenbeeten. Klara lässt ihren Blick schweifen. Dann erkennt sie den Ort. Der kleine botanische Garten, in dem sie früher zu viert spazieren gingen, als Leon und sie noch klein und nicht in der Schule waren. Ihre Eltern hatten ihnen die Blumen gezeigt. Zu jeder wusste Mama etwas zu sagen.

Nun liegen die Blumen verborgen im Dunkeln, die Namen der jeweiligen Pflanzen sind auf den Pappkarten kaum zu erkennen. Die Ränder des Platzes sind mit Parkbänken gesäumt.

Auf der Parkbank auf der anderen Seite des Platzes sitzt eine in sich zusammen gesunkene Gestalt.

»Mama!«, ruft Klara im gleichen Moment, in dem ihr Vater »Luise!«, flüstert und auf seine Frau zustürzt.

Ihre Mutter blickt sie an. Ihr Blick ist leer.

Klara geht vor ihr in die Knie und nimmt die Hände ihrer Mutter in die ihren. Sie sind eiskalt.

Ihre Mutter neigt den Kopf.

»Was machst du nur Luise?«, fragt Klaras Vater sanft, während er seine Jacke auszieht und sie ihrer Mutter um die Schultern legt.

»Ich musste nur mal raus«, sagt diese mit brüchiger Stimme und schaut in das Dunkel hinter Klara.

Dort steht Leon, die Hände in den Taschen. Nun ist er derjenige, der mit dem Fuß einen Graben in den Kiesweg schabt.

»Komm her und hilf deiner Mutter«, herrscht Klaras Vater Leon an, doch als Leon sich nähert, legt er ihrem Bruder für einen Moment die Hand auf seine Schulter. »Danke«, sagt er.

Gemeinsam helfen sie Mama hoch und stützen sie, während sie sich auf den Weg in Richtung Parkausgang machen.

Klara sieht sie über den kleinen Graben steigen, den Leon im Kies hinterlassen hat.

# Corona-Zeit

MONIKA SCHOTSCH

Schonungslos!
So ist dieses Jetzt.
Was ist das Bild,
wie ist es gesetzt?

Gnadenlos!
So ist diese Zeit.
Was ist der Sinn,
was hält sie bereit?

Rücksichtslos!
So ist diese Tat.
Was ist der Grund,
woher kommt die Saat?

Herzenslos!
So ist diese Welt.
Was ist der Kitt,
der zusammenhält?

Liebevoll:
So sollen Menschen,
ab jetzt leben,
mit Konsequenzen!

Freudevoll:
So soll die Erde,
für dich und mich,
für alle werden!

## Vincent

DIETMAR HERZOG

Was war das für eine unsägliche Zeit! Eine Hiobsbotschaft jagte die andere. Es wurde nicht das Ende der Menschheit verkündet, doch was bedeutete das für mich? Und wie müsste ich mich verhalten, um zu diesem Rest Menschheit dazuzugehören?

War hamstern angesagt? Vorsorge sicherlich. Nur, für was hätte ich Vorsorge treffen sollen? Lebensmittel horten, Medikamente bunkern, letzte, wichtige Termine noch schnell wahrnehmen, irgendwelche Dinge kaufen, die mein Überleben sichern würden? Doch dazu hätte ich genau wissen müssen, was auf mich zukommen würde. Auf was ich wie lange verzichten müsste. Quälende Ängste vor etwas, das ich nicht kannte und auch nicht einschätzen konnte. Ohnmacht.

Nichts wusste ich! Ich verstand nichts von dem, was der Fernseher täglich ausspuckte. Ratlosigkeit auf allen Kanälen. Widersprüche von morgens bis spät in die Nacht. Es war meine Müdigkeit, die mich vor noch mehr Horrorszenarien schützte. Der Schlaf schien mein letzter Verbündeter zu sein.

Zu Beginn machten zwei Wörter immer wieder und überall die Runde: Ausgangssperre und Quarantäne! Zwei Wörter mit vier Silben. Darin sah ich meine Chance zu überleben. Ich reduzierte meine persönlichen Kontakte auf ein Minimum. Meinem Handy vertraute ich meine gesamte Kommunikation an und meinem Atelier meine Anwesenheit.

Der Weg zu meinem Atelier war mir eigentlich vertraut gewesen. Doch nun war alles anders. Die Straßen waren menschenleer und erinnerten mich an die leergefegten Autobahnen während der Ölkrise in den Siebzigerjahren. Ich erwischte mich bei dem Gedanken, ob ein Teil der Menschheit vielleicht schon ausgestorben sei, so wenigen Menschen begegnete ich auf dem Weg zu meiner Arbeitsstelle.

Im Atelier hatte ich mich neu eingerichtet. Die fertiggestellten Bilder führten von nun an ein unbeachtetes Dasein im Keller. Ich stellte ein längst ausgedientes Bett auf, reaktivierte meine alte Kochplatte, lieh mir von einem Nachbarn einen alten Kühlschrank und montierte einen Kleiderständer für die mitgebrachten Kleidungsstücke. Alles war recht gemütlich und auf meine nötigsten Bedürfnisse abgestimmt. Die Situation erinnerte mich an mein Studentenleben vor über dreißig Jahren, wo mir auch nur ein Raum zum Leben und Arbeiten zur Verfügung gestanden hatte. Nur die Stimmung war eine andere. Es fanden keine Partys statt und auch kein Künstlerkollege oder Kunstinteressierter fand den Weg in mein Maleratelier. Nur einmal am Tag verließ ich es und ohne, dass ich es wahrnahm, schleppte ich jedes Mal, wenn ich zurückkam, so etwas wie einen Hauch von Endzeitstimmung mit in meinen Arbeitsraum. Diese lähmende Stimmung breitete sich aus und bevölkerte alle Ecken im Raum, und die untätigen Stunden vor den leeren Leinwänden nahmen täglich zu. Ich spürte, dass ich diesen Stimmungen etwas Positives entgegensetzen musste.

Ich entschloss mich zu einer radikalen künstlerischen Neufindung. Alle angefangenen Arbeiten wanderten in den Keller. Ein Dutzend neuer, größerer, frisch aufgezogener Leinwände lehnten nun an den Wänden und die Farbpalette sollte heller und freundlicher werden. Doch der Mut, neu zu beginnen, fehlte. Kein plumper Trick, keine noch so ausgeklügelte Strategie war erfolgreich und konnte mich zur Arbeit bringen. Oft saß ich auf meinem Stuhl und starrte gedankenverloren auf den Atelierboden, der die farbigen Spuren besserer Tage zeigte. In einigen der schadhaften Vertiefungen waren verkrustete petrol- und pinkfarbene Farbreste zu erkennen. Die Fugen des Holzbodens waren zum Teil vollständig durch hellblaue Farbrinnsale geschlossen. An manchen Stellen wechselten sich kontrastreiche dunkelbraune und rostrote Linien ab, um sich immer wieder kreuzend eine Art Struktur zu ergeben. Handtellergroße matte grüne Flecken schienen sich fast gemütlich auf den rauen Brettern auszubreiten und kleine gelbe Farbspritzer ergaben zusammen mit zarten, wolkenartigen, fliederfarbigen Klecksen ein beeindruckendes, leuchtendes Farbspektakel. Wie ein riesiges abstraktes Bild zeigten sich mir die Farbflächen auf meinem Atelierboden und in mir wuchs der Wunsch, Bilder zu malen, wie sie mir die Zufälligkeit dieser Farbkompositionen zeigte.

Doch ich scheiterte. Nichts wollte mir auf der Leinwand gelingen und frustriert über meine Unfähigkeit übermalte ich die ersten Versuche. Zum Ausgleich, vielleicht auch, um mich abzulenken, nahm ich immer wieder einen Bildband anderer, meist bekannter Künstler aus dem Regal und blätterte planlos durch die Seiten. In einem dieser Fotobände begegnete mir eine männliche Gestalt, deren rötliches, wild nach allen Seiten strebendes Haar wie eine Korona bei Sonnenfinsternis den Hintergrund überstrahlte. Der Mann war von hagerer Statur und seine stechenden Augen waren auffällig gerötet. Die ganze Person wirkte auf mich irgendwie jämmerlich, was meiner augenblicklichen Verfassung entsprach. In seiner etwas schlaffen Körperhaltung, seinem traurigen, fast leidenden Blick und seiner eher schäbigen Kleidung erspürte ich so etwas wie eine solidarische Gemeinschaft, in der ich mich wiederfinden konnte.

Die Gestalt zog mich in ihren Bann. Interessiert studierte ich sein Gesicht, wobei sich die Farbigkeit des Atelierbodens in meiner Wahrnehmung immer wieder mit dem Bildnis des Künstlers vermischte.

»Eine wundervolle Landschaft«, murmelte dieser plötzlich. Ich blickte abwechselnd auf das Bild des Malers und auf den Atelierboden mit seinen Arbeitsspuren. Zum ersten Mal fielen mir die vereinzelt in den Spanplatten steckenden Tackernadeln auf. Wie kleine silberne Brückchen glänzten diese in dem hell erleuchteten Raum. An manchen dieser Gebilde hatte sich etwas Staub und anderer Unrat verfangen, der in winzigen Bewegungen, ähnlich einer Fahne im Wind, hin und her waberte.

»Eine wundervolle Landschaft. Maler, schau genau hin!«, wiederholte die Stimme.

Dieser eine Satz füllte meinen ganzen Atelierraum aus und blieb wie schwere Regenwolken in der Luft hängen. Ich starrte ungläubig auf das markante Gesicht vor mir und begann, es genauer zu studieren. Der mächtige Schädel des Mannes wirkte sperrig und ungewöhnlich kantig auf mich. Seine ungeordnete Frisur, die borstigen Augenbrauen und der unkontrolliert wachsende Backenbart leuchteten in einem kräftigen Rot und hatten Ähnlichkeit mit wild wachsendem Gestrüpp. Unrasiert, mit ganzen Büscheln von Haaren am Kinn, erinnerte mich seine blasse Gesichtshaut mit den tiefen Falten an einen öden, vergessenen Landstrich im Brabant, einer ehemaligen Provinz in Belgien.

Brabant! Ich erinnerte mich, dass dieser Mensch ein sehr schweres Leben hatte in dieser bitterarmen und unwirtlichen Gegend. Der Bergbau, der die ganze Gegend mit Stollen unterhöhlte, ernährte die Familien kaum. Ihre Lebensbedingungen waren katastrophal und ihre Lebenserwartung erschreckend niedrig. In welchem Luxus durfte ich dagegen

leben, trotz des augenblicklichen Lockdowns mit der verord-
neten Ausgangssperre, ging mir durch den Kopf. Ich konzentrierte mich wieder auf die Abbildung und erst jetzt fielen mir
die riesigen Hände des Mannes auf. Sie waren schrundig und
rissig wie ein ausgetrockneter Canyon. Die Fingergelenke waren geschwollen und wohl auch entzündet. So stellte ich mir
immer die Hände von Bergleuten vor. Groß, grob und in der
Lage, den Stein mit bloßen Händen zu brechen. Diese mächti-
gen Hände hingen kraftlos wie schwere Gewichte aus den zu
kurzen Ärmeln seines abgewetzten Sakkos. Die Manschetten
seines Kittels und sein weißer Hemdkragen standen weit ab,
da sein Körper trotz seiner Untersetztheit eher abgemagert
schien. Die viel zu große Jacke war aus einem groben, dunklen Wollstoff mit wenigen, riesigen Knöpfen gefertigt, die fast
schon etwas Clowneskes, vielleicht auch Tragisches hatten.

»Vincent van Gogh, was möchtest du mir mit deinem
Portrait sagen?«, flüsterte ich vor mich hin.

»Ich suche jemanden«, sagte Vincent.

»Wen?«, fragte ich.

»Ich suche Paul.«

»Paul?«, fragte ich irritiert. »Meinst du Paul Gauguin,
den Maler.«

»Ja!«, war seine knappe Antwort.

»Wieso?«, fragte ich ebenso kurz.

»Um mich endlich mit ihm zu versöhnen. Nie habe ich die
Einsamkeit so sehr gespürt, bevor Paul weg war. Die Einsamkeit kann eine Folter sein und die Stille ihr Folterinstrument.

So viel hatte ich vor mit Paul, aber ich bin nicht in der Lage gewesen, mein Ego für unsere Freundschaft und unsere gemeinsame Arbeit zurückzustellen.«

»Und dann?«, fragte ich Vincent vorsichtig.

»Dann war ich für den Rest meines Lebens allein. So allein wie du dich gerade fühlst, du Dummkopf.«

»Ich habe viele Freunde, Menschen, die mich lieben und ich bin in der Gesellschaft verankert«, versuchte ich mich zu verteidigen.

»Du bist Künstler. Du wirst immer ein Fremdling in der Gesellschaft bleiben. Aber du musst lernen, damit umzugehen. Und du musst die Einsamkeit, die Isolation lieben lernen. Deine Arbeit braucht sie, zumindest zeitweise.«

»Und wenn mir das nicht gelingt?«, fragte ich.

»Dann wirst auch du dir ein Ohr abschneiden, so wie ich.«

Aus Verlegenheit nestelte ich am Reißverschluss meines Malerkittels. Was sollte ich antworten? Sollte ich überhaupt antworten? Vielleicht wäre es besser, zu schweigen und abzuwarten? Vielleicht würde sich der berühmte Kollege irgendwann abwenden und gehen? Ich versuchte die Stille auszuhalten, aber Vincent war stärker. Seine ganze Erscheinung war zu dominant und einfach wegschauen, das traute ich mich nicht. In einer Art Befreiungsakt versuchte ich mich zu verteidigen: »Ich bin bildender Künstler, gewiss, aber die Zeiten sind doch andere als bei dir!«

»Ich sehe nur weiße Leinwände um dich herum«, unterbrach mich Vincent. »Das sind Zeichen von Ratlosigkeit und Hilflosigkeit und dazwischen suhlst du dich in Selbstmitleid.

Das ist eigentlich das Schlimme! Dass du dich noch gut dabei fühlst, macht dich in deinem Kopf krank.« Er holte tief Luft und seine Miene verdunkelte sich, als er weiter sprach: »Auch ich wusste wohl, dass man sich Arme und Beine brechen kann, aber ich ahnte damals nicht, dass man sich das Hirn im Kopf kaputtmachen kann.«

Ich verstand immer noch nicht, was das alles mit mir und dieser unglücklichen Zeit und der zwangsweisen Isolation zu tun hatte.

»Meine einzigen Freunde waren damals ein Glas Wein am Abend, ein Stück Brot mit Käse und eine Pfeife Tabak«, begann Vincent aufs Neue. »Aber die Welt will das nicht wissen und versteht das nicht. Sie respektiert nicht die Menschheit im Menschen. Du bist als Künstler dafür verantwortlich, dass die Menschen den Wert des Menschseins erkennen und ihn immer und überall zu verteidigen lernen.«

»Und wie soll ich das machen?«

»Mit deiner Arbeit natürlich. Du hast das Privileg, für deine Mitmenschen zu arbeiten und ihnen Auswege aus der Isolation in ihren Köpfen aufzuzeigen.«

Als Antwort darauf zählte ich hektisch meine politischen und gesellschaftskritischen Aktivitäten früherer Jahre auf. Meine künstlerischen Arbeiten, die sich mit ähnlichen Themen verbinden ließen, hängte ich meiner Aufzählung an und hoffte, Vincent damit zu überreden.

»Oft sieht man ein Licht im Tunnel und wenn es näherkommt, dann ist es ein heranrasender Zug, dem man nicht mehr ausweichen kann«, fügte Vincent grimmig meiner Verteidigung hinzu. Wieder trat diese unheimliche Stille ein, die kaum auszuhalten war und die danach schrie, unterbrochen zu werden.

»Ich glaube, ich verstehe, was du meinst«, versuchte ich Vincent zu besänftigen. »Man darf nicht nachlassen, solange man an dieser Welt teilhat. Der Mensch trägt Verantwortung, Mitverantwortung für die Welt und für die Zeit, in der er lebt, so schwer das oft ist.« Ohne ihn anzublicken, überlegte ich kurz und vervollständigte meinen Gedanken: »Dazu muss man wach bleiben, genau hinschauen und sich mitteilen. Ein Sich-Verkriechen in die eigenen vier Wände, die Hände untätig in den Schoß zu legen und sich zu bemitleiden ist wohl der falsche Weg. Erst recht in dieser merkwürdigen Zeit des Lockdowns.«

»So ist es, lieber Kollege.«

Ich sah deutlich, wie sich seine Gesichtszüge entspannten.

»Fang damit an!«, rief er aus und seine Augen begannen wie Irrlichter zu funkeln. »Fang jetzt damit an! Schau hier auf den Boden deines Ateliers. Entdecke die sagenhafte Landschaft darauf mit ihren Seen, Flüssen, Wiesen, Blumen und Feldern. Schau genau hin! Es sind die kleinen, oft unscheinbaren, kaum sichtbaren Dinge, die dich zum Menschen machen, die dich zum Fühlen, Sehen und Denken bringen und in denen du dich finden und irgendwann erkennen lernst.«

»Ja, aber …«, versuchte ich Vincent zu unterbrechen. Doch der war nicht mehr zu bremsen.

»Ein Ja ist gut, für ein Aber ist es bald zu spät! Wen interessiert es schon, ob du in Armut nur Kartoffeln isst, tagein und tagaus deinen Acker pflügst, bis der bestellte Boden deinen Körper frisst, oder ob du predigst für das Seelenheil anderer und selbst der Einsamste bleibst, oder ob du so weit außen stehst, dass dich niemand mehr hören kann. Das war mein Leben und es war unsagbar hart. Dein Weg ist deine Erkenntnis und sie allein macht dich aus. Sie ist deine Errungenschaft, dein Kapital, das du in die Gesellschaft einbringen musst.«

An dieser Stelle holte Vincent tief Luft und sein Gesicht bekam einen heroischen Ausdruck. »Und sei gewarnt: Das Schlimmste aller Übel ist meiner Meinung nach die Selbstgerechtigkeit. Und dieses Unkraut in sich auszurotten, bedarf einer ewigen Jäterei.«

Ich hatte Vincent verstanden. Ich hatte das Gemälde mit der Halbfigur von Vincent van Gogh verstanden und schlug den Bildband zu.

Ich rief Esther an, um mit ihr am Abend ein Treffen zu vereinbaren. Eine Person aus einem anderen Haushalt war ja erlaubt. Dann griff ich zu meinen Ölfarben und malte eine abstrakte, sehr bunte Landschaft, wie auf meinem Fußboden, mit Seen, Flüssen, Wiesen, Blumen und Feldern.

## Splitter aus dem Alltag

PETRA NAUNDORF

### *Homeoffice 1*

Tina und Mark saßen gemeinsam auf ihrem Bett. Sie trugen ausgebeulte graue Jogginghosen. Schließlich saßen sie die meiste Zeit im Schneidersitz und balancierten ihre Laptops auf den Knien. Da musste die Kleidung bequem sein. Außerdem sah es eh niemand. Außer die Kinder. Mark kombinierte stilecht ein grünes T-Shirt mit der Aufschrift »Fuck you!«, während Tina eine weiße Bluse und einen kurzen grauen Blazer trug.

»Ich habe um 15.00 Uhr ein wichtiges Face-to-Face-Meeting mit dem Vorstand«, sagte sie. »Dauert ungefähr ne Stunde, vielleicht auch anderthalb. Kannst du bitte in dieser Zeit in der Küche arbeiten?«

»Warum?« Er schaute missmutig. Um seinen Mund schimmerte ein Kaffeebart. »Draußen sind die Kinder, das ist Feindesland, da kriege ich nichts mehr gebacken. Ich habe morgen Abgabe für das Konzept. Außerdem hast du einen Kopfhörer mit Noise-Cancelling und den Hintergrund deines Displays kannst du bei Face-to-Face ganz leicht anpassen. Wie wäre es mit New York oder dem Weltall?«

»Okay. Aber dann gehst du morgen mit den Kindern einkaufen.«

Er stöhnte.


Es klopfte an die Schlafzimmertür. »Mama? Papa? Lea heult.«

Tina seufzte. »Keine Zeit, Anna. Du bist doch schon groß. Pass bitte noch ein wenig auf Lea auf. Du kriegst das hin, da sind wir ganz sicher.«

»Ich muss Homeschooling«, maulte Anna.

»Wir müssen arbeiten!«, riefen Tina und Mark wie aus einem Munde.

»Wann kommt ihr raus?«, fragte Anna.

»Heute Mittag. So um eins«, antwortete Tina.

Für einen Moment war es still vor der Tür.

Mark grinste. »Sie rechnet.«

»Das sind noch vier Stunden!«, empörte sich Anna. »Ich muss Homeschooling!«

»Ich muss Homeschooling MACHEN, heißt das. Oder: Ich HABE Homeschooling«, korrigierte Tina.

»Das ist gelogen. Ihr sagt doch, ihr müsst arbeiten«, rief Anna.

»Mamaaa!«, griente jetzt Lea.

Tina rollte mit den Augen. »Ich muss arbeiten, Schatz.«

»Papaaaa!«

»Ich auch«, rief Mark. »Seid schön lieb, ihr Süßen. Ihr dürft dafür fernsehen.«

Leise Freudenschreie, gefolgt vom Trappeln kleiner Füße. Kurz darauf drangen Wortfetzen aus dem Wohnzimmer. Es klang wie Zanken.

Mark lauschte. »Sie rangeln um die Fernbedienung.«

Dann ertönte die Titelmelodie der »Eiskönigin«, deren Lautstärke sofort heruntergeregelt wurde.

Mark lächelte. »Sie können jetzt den DVD-Player.« Aus seiner Stimme klang Stolz.

»Es ist nicht gut, wenn sie so viel Fernsehen gucken«, sagte Tina.

»Aber wir müssen arbeiten«, sagte Mark.

»Ja, du hast recht.« Tina seufzte erneut und rückte den Laptop auf ihrem Schoß zurecht. »Es kommen auch wieder andere Zeiten.«


*Homeoffice 2*


»Mama, Papa, Lea braucht Hilfe.« Anna, die vor der geschlossenen Schlafzimmertür stand, klang nicht sonderlich alarmiert.

»Wobei, Schatz?«, rief Mark zurück.

Tina telefonierte derweil mit einem Kunden über ihr Headset. Sehr laut, wie er fand.

»Schau selber!«, antwortete Anna.

Mark stöhnte. Das Konzept musste heute fertig werden und das in diesem Irrenhaus.

»Wenn es lebensbedrohlich ist, ruf die Polizei«, rief er.

Einige Zeit später klopfte es an die Schlafzimmertür.

»Wie soll man die ganze Arbeit schaffen, wenn die Kinder sich nicht mal ein paar Minuten allein beschäftigen können – oder wollen«, beschwerte sich Tina, die inzwischen ihr Telefonat beendet hatte und auf der Tastatur ihres Laptops herumhackte.

Mark nickte abwesend. Seine Locken standen wirr vom Kopf ab. Seit Stunden raufte er sich die Haare über seinem Konzept, das er nicht in den Griff bekam. »Wir müssen ein ernstes Wörtchen mit Anna reden«, murmelte er.

Die Schlafzimmertür öffnete sich.

»Jetzt nicht«, riefen sie genervt im Chor.

Als sie von ihren Displays aufsahen, klappten ihre Kinnladen herunter. Ein Polizist und eine Polizistin in blauen Uniformen traten ein. Der Polizist trug Lea auf seinem Arm, lose eingeschlagen in ein Badehandtuch. Das kleine Mädchen war nur mit einem dünnen Hemdchen und einer hellgelben Unterhose bekleidet. Ihr Körper war mit grünem Glibber beschmiert. Die blonden Locken standen grünlich schimmernd fast so wirr vom Kopf ab wie die ihres Vaters. Selbst an den nackten Beinchen klebten grüne Klumpen. Kiwimarmelade? Sie lutschte an ihren klebrigen Fingern. Ihre Augen waren rot vom Weinen.

Anna hatte sich an den beiden Beamten vorbeigezwängt und stand nun ebenfalls im Zimmer. »Sehen Sie, Frau Hauptwachtmeisterin«, sagte sie ernst und zeigte demonstrativ auf ihre Eltern, »das meine ich!«

Die Beamtin musterte Tina und Mark mit strengem Blick. Mit ihren fleckigen Jogginghosen und den offenstehenden Mündern boten sie kein sehr überzeugendes Elternbild.

»Ihre ältere Tochter hat uns angerufen«, sagte die Polizistin und nickte Anna zu, »weil sie beide nicht ansprechbar waren, obwohl sich ihre jüngere Tochter in einer Notlage befand.« Jetzt sah sie zu Marmeladen-Lea. »Wir prüfen den Vorwurf der Verletzung der Aufsichtspflicht.«


### Das Unternehmen 1

Es war noch ziemlich lange dunkel morgens, schließlich war es erst März. Die Bewegungsmelder waren gruselig, wenn man ganz allein in der Firma war. Er ging durch den langen Flur in Richtung der Büros und bei jedem Schritt, den er tat, sprangen vor ihm weitere Deckenlampen an, hinter ihm wurde es hingegen wieder dunkel. Er hätte sich nicht gewundert, wenn hinter der nächsten Biegung Zombies herausgeschlurft wären.

Seltsam, so allein in diesem riesigen Büro zu sitzen. In normalen Zeiten waren fast alle Arbeitsplätze besetzt. Da allerdings schon vor der Kurzarbeit immer mehr Kollegen und Kolleginnen zumindest tageweise im Homeoffice arbeiteten, bestand laut der Chefetage keine Notwendigkeit mehr für feste Arbeitsplätze. Die Anzahl der Schreibtische wurde mit dem gleichen Argument ebenfalls reduziert. Irgendjemand war doch immer im Homeoffice oder auf Reisen. Zwei große Bildschirme, eine Tastatur und eine Dockingstation bildeten die Grundausstattung jedes Arbeitsplatzes, man musste nur noch seinen eigenen Laptop einstöpseln und konnte loslegen. So war es jedem Mitarbeiter möglich, an jedem beliebigen Schreibtisch im Firmenuniversum zu arbeiten. Manchen Kollegen war es wie ihm egal, wo sie saßen, aber einigen gefiel das Nomadenleben nicht. Individualisierte Arbeitsplätze vermittelten einfach mehr Heimatfeeling. Schließlich verbrachte man über die Hälfte des Tages im Büro. Jedoch ohne Schreibtisch, Rollcontainer und Schrank konnte man Angestellte leichter dazu bringen, ein papierloses Büro zu führen. Die Chefs wussten schon, was sie taten.

Er hatte sich einen Schreibtisch am Fenster ausgesucht. Die Sonne schien auf die Arbeitsplatte. Unheimlich war es trotzdem. Doch was blieb ihm übrig? Er hasste die Arbeit im Homeoffice. Zuhause teilte er das Arbeitszimmer mit seiner Frau. Sie arbeitete im 1st- und 2nd-Level-Support und telefonierte ständig. Zudem tobten die Kinder durch die Wohnung, der Hund bellte, die Post klingelte und und und. Hier war er einer der Chefs. Teamleader von fünfundzwanzig

Leuten. Alle Mitarbeiter des Unternehmens waren in Kurzarbeit, deshalb hatte sein Vorgesetzter ihm erlaubt, täglich ins Büro zu kommen. Er musste schließlich weiterhin voll arbeiten, um den Laden am Laufen zu halten. Die Gefahr der Ansteckung war gleich null, da sonst niemand anwesend war.

Er stellte gerade seine Thermoskanne mit Kaffee, die Wasserflasche und die Lunchbox auf den Tisch, als plötzlich ein Mann das Büro betrat und schnurstracks auf ihn zueilte.

»Was machen Sie hier?«, wurde er gefragt. Es war definitiv kein Sicherheitsmann.

»Arbeiten?«, antwortete er. Was denn sonst?

»Haben Sie die Tischplatte desinfiziert, bevor Sie den Arbeitsplatz eingenommen haben?« Der Mann schaute sehr ernst. »Das ist bei uns in der Abteilung die feste Regel.«

Er blinzelte irritiert. Seit mindesten vier Wochen hatte hier niemand mehr gesessen.

## Das Unternehmen 2

Er hatte sich entschlossen, heute in einem anderen Gebäude auf dem Firmencampus zu arbeiten. Auch hier fand er Großraumbüros vor. Leere Großraumbüros. Er wählte wie immer einen Platz am Fenster, stöpselte seinen Laptop ein und begann zu arbeiten. Ein ihm unbekannter Kollege kam

herein, ging unschlüssig umher und wählte einen Schreibtisch – genau neben seinem. Irritiert sah er hoch. Der Kollege
stellte seine Thermoskanne, eine Lunchbox und eine Wasserflasche auf den Schreibtisch und richtete dann in aller Ruhe
seinen Arbeitsplatz ein.

Er zuckte die Schultern, wandte sich wieder der Grafik
zu, an der er gearbeitet hatte. Offensichtlich war die räum-
liche Nähe nur für ihn ein Problem. Kurze Zeit später betrat eine Kollegin den Raum. Wortlos ging sie umher und
suchte sich einen Arbeitsplatz aus. Er traute seinen Augen
kaum, setzte zum Widerspruch an. Denn die Frau setzte sich
nicht an irgendeinen Platz, sondern wählte ebenfalls den
Schreibtisch direkt neben seinem. Er blickte demonstrativ
nach links, nach rechts, aber die Kollegen arbeiten bereits,
starrten unbeirrt auf ihre Bildschirme. Und er hockte dazwischen. Das Büro war riesig, er schätzte, dass es mindestens
dreißig Schreibtische gab und die beiden Gestalten wählten
ausgerechnet diese? Gruppenkuscheln? Mitten in der Pandemie? Echt jetzt? Er schaute sich suchend um. Wo war die
versteckte Kamera?


*Das Unternehmen 3*


Gestern war er länger geblieben. Während er konzentriert an
den letzten Korrekturen seines Konzepts feilte, ging plötzlich
das Licht aus. Einfach so. Die völlige Dunkelheit überraschte

ihn. Nur sein Bildschirm spendete ein wenig Licht. Gespenstisch. Es dauerte eine Schrecksekunde, bis er realisierte, dass der Bewegungsmelder das Licht ausgeschaltet hatte, weil er einige Zeit nahezu regungslos an seinem Schreibtisch gesessen hatte. Er wusste, dass er sich bewegen musste, um das Licht wieder anzubekommen. Er wischte in die Luft. Nichts geschah. Also stand er auf. Doch das Licht sprang nicht an. Ein Blick auf das Display zeigte ihm, dass es gar nicht so spät war. Also keine Kehraus-Aktion der Firma. Er begann armwedelnd im Büro herumzulaufen und das Licht ging an.

Als er zum dritten Mal im Dunkeln saß, packte er entnervt zusammen. Früher waren ihm die vielen Kollegen im Großraumbüro häufig auf die Nerven gegangen. Jetzt hätte er sie gerne her gewünscht. Aber seine Thermoskanne war eben nicht Aladins Wunderlampe.

## In der Straßenbahn

»Du bist ein Feigling«, sagte die Mutter zu ihrem halbwüchsigen Sprössling und zupfte an ihrer OP-Maske. Der Junge lümmelte neben ihr und hatte die Kapuze seines Hoodies tief in die Stirn gezogen. Zusammen mit der Maske war von seinem Gesicht fast nichts mehr zu sehen. Die ältere Frau auf der Bank gegenüber sah hoch. Das schien interessant zu werden.

»Du bist selber feige, Mama«, nuschelte er.

»Unverschämter Kerl«, echauffierte sich die Mutter. »Du bist noch nicht volljährig, du hättest uns fragen müssen.«

Er schnaubte verächtlich. »Ich soll Leute fragen, die mit Rechtsradikalen gegen die Maskenpflicht demonstrieren? Na, danke auch.«

»Wir sind deine Eltern und wissen, was gut für dich ist.«

Er lachte. »Ihr habt euren Eltern Zigaretten, Alkohol und Drogen verschwiegen. Ich eben das.«

»Was hat er denn Schlimmes gemacht?«, fragte die ältere Frau und lehnte sich vertraulich zur Mutter herüber.

»Stellen Sie sich vor, er hat sich impfen lassen.«

# Frida

ADI HÜBEL

Weshalb sie mich Frida genannt haben, ist mir ein Rätsel. Ich weiß, dass mein Frauchen – so nennt Paul sie, wenn sie mit mir Gassi gehen soll – eine Malerin bewundert, die Frida heißt. Ein Bild von ihr hat sie in ihrem Schreibzimmer aufgehängt.

»Ist nur ein Druck«, hat sie zu einer Freundin gesagt, »aber ich liebe diese Malerin, diese Frida.« Damit meinte sie nicht mich. Eigentlich schade. Ich habe mir das Bild auch angeschaut, allerdings, begeistert bin ich nicht. Man sieht zwei Frauen, die sich sehr ähnlich sehen. Sie halten sich an den Händen. Auch wenn sie schöne Kleider tragen, kann man ihre tiefroten, blutigen Herzen sehen. Und sie sind mit einer Art Ader miteinander verbunden.

Mit Kunst kann ich wenig anfangen, ich bin ja schließlich nur eine Hündin. Mich erinnert das eher an den Metzger Bunkl, der mir vor Kurzem einen Happen Innereien zugeworfen hat.

Aber ich bin eine schöne Hündin, genauso schön wie die Kunst von der Frida. Mein Frauchen sagt öfter, wenn sie mich streichelt: »Hast du ein weiches Fell und so schöne Locken.« Ich sei weder zu klein noch zu groß, findet sie. Weil meine Haare schwarz sind, kann man sie gut vom Teller fischen, wenn sie einmal aus Versehen auf den Spaghetti landen. Nur hätte ich gerne anders geheißen. Am liebsten Lotte oder Calypso; oder auch Ayka.

Aber mein Name ist im Moment nicht das Problem. Das Problem hat einen ganz anderen Namen, es heißt Corona. Dieses Corona bedeutet nicht nur Krone, sondern noch etwas ganz anderes, wie mein Dosenöffner Paul es seiner Liebsten erklärt hat. So nennt er Frauchen hin und wieder, wenn ich auf meiner Matte liege und so tue, als ob ich schlafe. Corona soll der Name eines winzig kleinen Teilchens sein, das weder meine Versorger noch ich sehen können.

Aber ob groß oder klein, Wirkung hätte es anscheinend trotzdem. Ich kann ein Lied davon singen, oder besser, davon bellen. Eigentlich sollte ich richtigerweise sagen, knurren, denn dieses Teilchen hat in letzter Zeit bei uns so manches durcheinandergewirbelt.

Es fing vor etwas über einem Jahr an, so um die Weihnachtszeit. Normalerweise stellen die beiden, also Ines und Paul, dann einen Baum ins Zimmer, an den ich auf keinen Fall pinkeln darf. Würde ich sowieso nie tun, für was halten die mich denn. Dieses Mal hatte ich den Eindruck, dass der Baum ihnen gar nicht so wichtig war. Es wurde ein kleines, mickriges Bäumchen, das sie in letzter Minute nach Hause geschleppt haben. Vielleicht war es ja ein etwas verunglücktes Ökobäumchen. Paul ist Biologe, und war bis vor kurzem Lehrer an einer Berufsschule. Und am liebsten macht er Sport, das ist sein Ein und Alles. Als er an einem Dezemberabend vom Training nach Hause kam, sagte er mit tiefer Stimme und ernstem Gesicht: »Ines, da kommt etwas auf uns zu.«

Und dann begann bei uns, wie soll ich sagen, ein ungewohnter Rummel. Ines, die mich sonst fast täglich in ihre Schreibstube mitgenommen hatte, blieb plötzlich öfter zu Hause und setzte sich vor die Fernseh-Kiste. Ich muss dazu sagen, dass ich dieses Eindringen und Herumreden fremder Menschen auf Knopfdruck in unser friedliches Heim gar nicht schätze. Die wissen immer alles besser. Da verziehe ich mich lieber auf meine Decke. Jetzt nahmen die Besserwisser bei uns eindeutig überhand, ich kann es nicht anders sagen. Weshalb, das wusste ich zunächst nicht. Ich fragte mich, wo das noch hinführen würde.

Allerdings freute ich mich, dass meine lieben Dosenöffner trotz allem noch meine Bedürfnisse befriedigten. Schade war nur, dass die Spaziergänge, die sie mit mir machten, immer kürzer wurden. Eines Morgens packte ich, Ines hatte vergessen, mir die Leine anzulegen, die Gelegenheit beim Schopf und zwängte mich durch die Hecke in den Nachbargarten. Ich hatte mit meiner feinen Nase gerochen, dass hier ein neuer Artgenosse eingezogen sein musste. Anscheinend hieß er Flecki und so sah er auch aus. Er war ein schwarz-weiß gefleckter junger Hundemann. Sein Frauchen rief mit lauter Stimme nach ihm und der kleine Nachbarsjunge wollte ihn sogar mit Leckerli ködern. Aber Hundekuchen! Flecki freute sich so, mich zu sehen und ignorierte sie. Wir schnupperten und schwänzelten und rannten ein wenig um die Wette. Ich berichtete ihm von meinen Beobachtungen. Vor allem von Ines. Sie musste in der Fernseh-Kiste etwas ganz Schreckliches gesehen haben. Sie hatte geweint und mich umarmt und dabei gerufen: »Frida, gut, dass ich dich habe!«

Aber Flecki konnte mir weder die traurige Ines noch dieses Corona und auch nicht die allgemeinen Aufgeregtheiten erklären. Er konnte mir nur sagen, dass er aus Rumänien stamme und von einem Tierheim im Schwarzwald hierhergekommen sei. Er freue sich sehr, endlich ein Zuhause zu haben.

Genug geredet. Nicht, dass Ines sauer werden würde. Ich gab Flecki also noch ein Abschieds-Wuff und zwängte mich zurück durch die Hecke.

Obwohl ich nicht wusste, was genau in der Welt vor sich ging, tat Ines mir sehr leid. Meine Schmusereien reichten ihr wohl nicht mehr. Sie hängte sich eines Abends geradezu an Paul und schluchzte: »Es ist so schrecklich, Paul. Wie wird es bei uns noch werden.«

Er tröstete sie und wies auf die Lesungen hin, die sie vor sich hätte und auf die Vorstellung ihres neuen Romans. »Du wirst das alles bestimmt machen können«, sagte er voller Überzeugung.

Aber Hundekuchen! Da hatte er sich schwer getäuscht. Es ging Schlag auf Schlag.

»Oh nein«, hörte ich Ines eines Morgens rufen, als sie den Computer hochfuhr, »die Lesung in der Bibliothek ist abgesagt. Und die Leipziger Buchmesse ist auch gekippt.«

Dann rief die Buchhandlung an und sagte, dass die Romanvorstellung nicht stattfinden könne und auch die Lesungen im Frühsommer und im Herbst wurden gestrichen. Damit nicht genug. Plötzlich durften wir drei nicht mehr zusammen einkaufen gehen. Immer nur einer von uns durfte das Haus verlassen. Was für ein Hundeleben!

»Wir dürfen uns um alles in der Welt nicht anstecken«, sagte Ines immer wieder.

Lisa, die Schwiegertochter der beiden, kam jetzt meist in der Wochenmitte. Die beiden warfen ihr dann vom Balkon einen Einkaufszettel zu.

Paul ging hin und wieder auch noch einkaufen, vor allem als Lisa die Dosen mit meinem Futter vergessen hatte. Aber Pauls Ausgänge wurden immer seltener und auch seine sportlichen Übungen machte er zu Hause.

»Bin ich froh, dass ich pensioniert bin«, sagte er ein paar Mal und setzte sich vor seinen Bildschirm.

Mich ärgerte das Ganze ziemlich. Zu meinem sechsten Geburtstag hatte ich ein neues Laufgeschirr geschenkt bekommen. Der Gutschein lag auf Pauls Schreibtisch. Es sah nicht danach aus, als ob er bald eingelöst werden würde. Daran war wohl auch dieses Corona schuld.

Mir fehlte der tägliche lange Weg zum Schreibzimmer meines Frauchens. Sie hatte in einem großen Gebäude ein Turmzimmer gemietet, damit sie in aller Ruhe schreiben konnte. Ich finde ja, dass sie ganz passable Geschichten schreibt. Auch wenn sie nur selten von einem Hund handeln. Leider!

Aber jetzt sah es so aus, als hätte Ines aufgegeben, einfach aufgegeben.

Hundekuchen! Doch nicht mich.

»Ich habe einen Dutsch«, sagte sie ziemlich traurig zu Paul, »ich kann nicht mehr schreiben.« Dann erklärte sie noch, dass der Dutsch ein schwerer Schicksalsschlag sei, und dann weinte sie wieder. Er musste sie trösten und ihr versichern, dass auch das vorübergehe.

Als ich ein paar Tage später wieder in den Nachbarsgarten zu Flecki entwischte, konnte ich ihm nur sagen: »Bei uns ist gerade ziemlich miese Stimmung.« Worauf er mir bestätigte, dass es bei ihm so ähnlich sei. Wir waren uns einig, dass es wohl an dem ganz kleinen, unsichtbaren Ding lag, das wir nicht kannten und eigentlich auch nicht kennenlernen wollten.

Eines muss ich aber sagen, meine beiden Hundeeltern hatten nun viel Zeit für mich, auch wenn sie nicht mehr zu zweit mit mir Gassi gehen durften. Mir machte es viel Spaß, nachts zu später Stunde die Nachrichten meiner anderen Hundebekanntschaften des Viertels abzuschnuppern. Das war meine Rettung in diesem Hundeleben.

Ich wurde jetzt so oft gekämmt und gebürstet, dass es mir bald zu viel wurde. Immer wieder wurde ich überraschend in den Arm genommen und öfter als sonst gestreichelt und gedrückt. Ich denke, das war, weil meine Beiden niemanden außer sich sonst in den Arm nehmen durften. Das kann ja auch langweilig werden. Da kuschelten sie eben mit mir.

Das ging einige Wochen so: Stille auf den Straßen, kein Besuch, keine Geburtstagsgeschenke, nichts. Aber Pakete wurden angeliefert, täglich mehr, und meist für die Nachbarn unten. Es klingelte und klingelte. Und ich bellte und bellte.

Ich wurde geradezu trübsinnig. Ich vermisste die gemeinsamen langen Spaziergänge, die Wanderungen am Sonntag im Butzenwald und das abendliche Treffen und Herumjagen mit den Hunden am Schlittenhang. Ich wurde immer träger und ich wurde auch dicker. Paul hatte die gleiche Vermutung, allerdings nicht für mich, sondern für sich selbst.

Ines wurde es irgendwann zu viel. Eines Tages stand sie vom Fernsehsessel auf und sagte: »Es reicht mir mit dem Dutsch. Ich gehe schreiben.«

Zu meiner großen Freude fuhr sie nicht mit dem Rad, sondern ging zu Fuß. Und das mir zuliebe.

»Der Hund braucht Auslauf, er mutiert uns sonst zur Corona-Kugel«, sagte sie und nahm mich an die Leine.

Das war ein merkwürdiger Spaziergang. Aus den Nachbarsgärten war nichts zu hören. Nur Flecki stand hinter der Hecke und fiepste leise. Doch wir hatten es eilig. Wir passierten einige Läden, die am hellen Tag schon ihre Jalousien heruntergelassen hatten. Immer wieder hingen Schilder in den Schaufenstern auf denen stand: »Wegen Corona geschlossen«. Der kleine Marktplatz, auf dem es sonst turbulent zuging, lag verwaist.

Dann kamen wir zu »unserer« Bäckerei. Und es war kaum zu glauben, vor der Türe standen Menschen, echte Menschen und die warteten. Wir stellten uns dazu und ich bemühte mich, Ines zu gehorchen und nicht zu sehr zu dem schwarzen Collie hinüberzuziehen.

Von dem Tag an ging mein Frauchen wieder regelmäßig zu ihrer Arbeit. »Ich arbeite an meinem Roman über die Brandstifterin Rose«, berichtete sie Paul, »und dabei vergesse ich alles Schlechte auf der Welt.«


Es wurde Sommer, es wurde heiß und eigentlich wollten wir drei gerne wieder nach Italien fahren.

Aber Hundekuchen! Es ging angeblich nicht und so blieben wir einmal mehr zu Hause und ließen uns weiterhin von Lisa versorgen. Merkwürdig war, dass sie uns immer mal wieder eine sogenannte Maske zwischen die Einkäufe steckte. Sie nähte sie selbst, wie sie sagte, aus alten Sommerkleidern.

Paul und Ines machten sich einen Spaß daraus, mir eine davon über die Schnauze zu ziehen. Obwohl Ines lachte und sagte: »Frida, das ist jetzt die neue Mode«, wurde ich richtig ärgerlich und bellte laut und zornig, bevor ich mich auf meine Matte verzog.

Aber unsere Spannungen hielten nicht lange an. Ich wurde bald wieder geknuddelt und betüttelt. Das ging so Tag für Tag, Woche um Woche, Monat um Monat.

Es ging so lange, bis wir trotz aller Einschränkungen später im Sommer noch nach Frankreich in unser Ferienhaus fuhren. Ohne die befürchteten Kontrollen erreichten wir unser Häuschen, inmitten einer grünen Landschaft. Dort war alles wie immer. Leider lauerte auch hier Corona an jeder Ecke. Ines und Paul durften nur einzeln zum Einkaufen fahren und wir konnten keine Ausflüge machen.

Welch ein Hundeleben, dachte ich, wenn ich mich auf meinen Schattenplatz rettete. Das war nötig, denn wir wurden auch noch von den Hundstagen geplagt. Es war heiß wie noch nie. Schade, dass ich meinen Fellmantel nicht ablegen konnte. Ich will mich aber nicht beklagen. Es gab so viel Schönes in diesen drei Wochen. Es gab den ungeheuer weiten Sternenhimmel, den wir auf unserem Nachtspaziergang bewunderten, und es gab herrliche Sonnentage. Ich konnte immer mal wieder im nahen Fluss waten und einige Male nach einer Maus graben. Erfolglos, wie ich zugeben muss.

Als wir nach Hause zurückkamen, schien alles etwas einfacher zu werden. Aber wie so oft, es schien nur so.

Der Herbst nahte. Die Tage wurden kürzer und kälter. Was Paul eines Morgens Ines aus der Zeitung vorlas, war wohl nicht sehr erfreulich. »Die Zahlen gehen sowas von hoch«, sagte er kopfschüttelnd.

Leider verstand ich nicht, welche Zahlen er meinte. Von Tag zu Tag besprachen meine Versorger neue Maßnahmen, wie sie es nannten. Ich überwand mich und legte mich eines Abends zwischen Ines und Paul vor die Kiste. Und tatsächlich, ich erspähte dieses Corona. Es war rot und rund, aber ich fand, dass es nicht sehr gefährlich aussah. Es erinnerte mich an die beiden Herzen auf dem Bild dieser Frida in Ines Arbeitszimmer.

Mir wurde klar, das mit den Masken war nicht vorbei, das mit den geschlossenen Geschäften auch nicht. Treffen durfte man sich kaum mehr. Das Gute war, mich schien dieses Corona auf keinen Fall zu gefährden, ob mit oder ohne Maske.

Ach, was war das für ein Hundeleben. Ich fand alles ziemlich doof. Jetzt war ich im Sommer so ein bisschen in alter Freiheit gewesen und schon musste ich mich wieder mit meinen beiden Ernährern begnügen. Und was machten die beiden? Sie hockten wie vor dem Urlaub vor der Kiste und außerdem lasen sie Zeitungen ohne Ende.

Und ich, ich war einsam. Ja, einsam! Alle meine Hundefreunde und Freundinnen waren weg. Früher gab es eine Frau in unserem Viertel, die hatte immer ein Leckerli für mich in ihrem Beutel. Aber inzwischen war alles anders geworden. Es gab kaum mehr Zufallsbekanntschaften. Wenn wir auf unseren kurzen Gängen auf eine Hundebesitzerin trafen, nickte sie kurz, schaute schnell weg, und zog wie verrückt an ihrer Leine. Ich träumte schon von ihnen mit ihrem: »Komm! Komm! Komm weiter! Komm endlich! Komm sofort her!«

Eines Tages, als mich alles so unendlich anödete, klingelte wieder einmal der Paketbote. Ich verkniff mir dieses Mal das Bellen und raste hinaus und zum Nachbarn hinüber. Ach, welch ein Glück, Flecki war da. Er hatte ja Bedenken gehabt, dass seine Dosenöffner ihn wieder ins Tierheim zurückbringen würden, wenn dieses Corona vorbei wäre. Wie er inzwischen mitgekriegt hatte, sei das Ganze vom Tisch. Der kleine Junge würde ihn sicher nicht wieder hergeben, da war sich Flecki sicher.

Wir freuten uns unbändig, uns zu sehen und konnten vom Herumschmusen, Beschnuppern von vorne bis hinten und Herumjagen nicht genug bekommen. Ines rief nach mir, aber das Treffen mit Flecki war mir wichtiger. Jetzt sind meine Bedürfnisse dran, dachte ich trotzig und blieb. Dieser Flecki war wirklich ein toller Hecht. Er war der beste Nachbar, den ich mir wünschen konnte. Er war so was nach meinem Geschmack! Ich war ganz verliebt in ihn. Wir tollten und balgten noch einige Zeit um die Beete herum. Wir bellten und tobten, bis ich nicht mehr konnte.

Schade, dass wir beide nicht zusammen in einem Haushalt oder wenigstens in einem Haus wohnten. Flecki roch einfach zu gut.

Nach einiger Zeit musste ich wieder zurück in mein langweiliges Dasein.

Etwas Neues war anscheinend bezüglich Corona im Anmarsch. Ein Wort schlich sich in die täglichen Nachrichten ein: Impfstoff. Was war das nun wieder? Erklären tat es mir niemand. Auf mich als Hund nahm keiner Rücksicht.

Was war das also, dieses Impfen und sollte es auch für mich sein? An dem Tag, als ich mich das fragte, lag ich, um mich zu informieren, wieder einmal zwischen meinen beiden Fernsehsüchtigen. Da stellte sich heraus, dass es zum Schutz von älteren Menschen war. Es sollte ein Piks sein, völlig schmerzfrei und dann würde sich dieses Corona verzupfen, das heißt, es würde einfach verschwinden. Ob das wohl stimmte? Als ich leise fiepsend zu Ines hochsah, nahm sie meinen Kopf in die Hände, sah mir in die Augen und sagte: »Du brauchst keine Angst zu haben, Frida, weder vor Corona noch vor dem Impfen.«

Worauf Paul meinte: »Wir auch nicht, Ines. Wir machen das, sobald es geht.«

Als es dann kälter wurde und sich an der Situation nichts änderte, fing Ines etwas Neues an. »Ich spreche einige meiner Kurzgeschichten auf Band«, teilte sie Paul mit.

Paul fand die Idee einer Radiosendung gut und verließ mit mir öfter das Haus.

Auf unseren Spaziergängen spitzte ich an der Nachbarhecke die Ohren. War Flecki da? Ich hörte nichts von ihm. Er würde doch noch hier wohnen? Konnte es sein, dass die Nachbarn ihn wieder ins Tierheim gebracht hatten? Oh nein, welch schrecklicher Gedanke! Das durfte, das konnte nicht sein! So sehr ich mich anstrengte, ich hörte und ich traf Flecki nicht. Ich brauchte ihn doch!

Dann kam, wie jedes Jahr, Weihnachten heran. Wieder gab es einige Tage vor dem Fest ein kleines, ziemlich schiefes Bäumchen.

»Wenn niemand zu uns kommen kann, dann brauchen wir eigentlich auch keinen Weihnachtsbaum«, maulte Ines, als sie einige Kugeln an die dünnen Ästchen hängte.

»Sollen wir denn überhaupt etwas kochen?«, fragte Paul mürrisch.

Die beiden waren sichtlich genervt!

Am Abend, als mir Ines die Leine anlegen wollte, sah sie mich prüfend an und rief nach Paul. Der kam, betastete mein Bäuchlein und erhielt noch einen Termin bei der Tierärztin. Ich ging nur widerwillig mit. Zum Tierarzt! Aber es war wie Ines vermutet hatte, ich bekam Nachwuchs! Drei kleine Hundebabys! Welche Freude! Wie würden sie wohl aussehen? Etwa wie Flecki? Oder würden sie mein dichtes, lockiges, schwarzes Fell haben? Mir wurde klar, ich musste Flecki unbedingt noch einmal sehen.

Am nächsten Morgen klingelte der Paketbote. Ohne zu zögern entwischte ich hinüber zu den Nachbarn. Ich bellte und rannte so lange vor der Scheibe des Wohnzimmers herum, bis der kleine Junge die Terrassentüre öffnete. Welch ein Glück, Flecki war da und raste zu mir heraus. Wir waren im siebten Himmel und wälzten uns im Schnee und tobten und bellten und waren so glücklich. Oh, Hundehimmel! Was konnte es Schöneres geben als uns beide!

Als ich dann wieder nach Hause kam, verstrubbelt und total verschwitzt, hörte ich, wie Max, der Sohn von Paul anrief. Er lud sich und Lisa für den Heiligen Abend zum Essen ein.

»Das geht auf jeden Fall«, bestimmte Ines, als Paul zögerte. »Das ist doch nur ein Haushalt. Und wir halten Abstand.« Sie wirkte auf einmal so fröhlich.

Max und Lisa kamen pünktlich. Sie brachten als Geschenke eine Flasche Sekt und eine große Schachtel Pralinen mit. Auch an mich hatten sie gedacht und legten eine Packung Hundekuchen unter das Bäumchen.

»An diesem Tisch sitzen normalerweise an Weihnachten zwölf Personen«, sagte Ines wehmütig, als sich die beiden unten an den weit ausgezogenen Tisch setzten.

Lisa zuliebe hatte Paul eine vegetarische Lasagne gekocht. Ich bekam ein besonderes Futter, das ich bisher nicht kannte.

»Für deine Kleinen«, murmelte Ines, als sie mir den gefüllten Napf hinstellte. Im Nu hatte ich das Futter verputzt. Danach streckte ich mich auf meiner Matte lang und genoss meine Verdauung und die friedliche Stimmung. Corona, du kannst mich mal, dachte ich, es gibt auch noch etwas anderes auf der Welt.

Paul hatte eine schöne, langsame Jazz-Musik eingestellt, die auch mir gefiel. Die Lasagne brutzelte im Backofen. Paul füllte die Gläser und die vier prosteten sich zu. Lisa stellte das Glas nach einem kurzen Nippen neben ihrem Teller ab.

Dann zeigte Paul auf mich und sagte lächelnd: »Wir müssen euch etwas Wichtiges sagen.«

»Halt!«, rief Max. Er legte seinen Arm um Lisa, sie sahen sich an, küssten sich und riefen: »Wir euch auch! Es gibt etwas zu feiern.«

Da hatten mir Max und Lisa also die Schau gestohlen, aber meinen Wurf mit meinen drei kleinen Fleckis würden sie nicht übertrumpfen können. Da war ich mir sicher.

Es wurde ein sehr, sehr schönes Fest!

## Hoffen auf Regen

ISABEL HOLOCHER-KNOSP

»Für dich!«

Freddy streckte ihr ein winziges Sträußchen entgegen. Seine Augen strahlten.

»Du bist süß«, sagte Viola, nahm den Miniaturstrauß entgegen und betrachtete entzückt die Gänseblümchen und Gräser, die in einem Reagenzglas mit Wasser sorgsam arrangiert waren.

»Kommt von Herzen.« Er lächelte verlegen. »Ich weiß, du magst ja eigentlich lieber Rosen …«

»Sie sind wunderschön.« Viola öffnete rasch ihren Picknickkorb. »Schau, der Strauß passt genau zum Kuchen. Ich hab Minigugelhupf gebacken. Hier, probier mal.«

Er nahm den Kuchen entgegen, roch kurz daran und schob ihn sich dann komplett in den Mund. Während er kaute, schloss er genussvoll die Augen. »Schmeckt hervorragend«, lobte er schmatzend. »Kaffee?« Ohne ihre Antwort abzuwarten, goss er den dampfenden Kaffee aus der Thermoskanne in zwei kleine Pappbecher. Er reichte ihr einen davon, ganz langsam und mit Bedacht, damit er auch ja nichts verschüttete.

»Warum zitterst du denn so?«, feixte Viola.

»Du machst mich nervös«, erwiderte er augenzwinkernd.

»Den Kuchen hab ich übrigens von meinem letzten Mehl gebacken«, sagte sie. »Jetzt muss ich erst einmal schauen, wo ich Nachschub herbekomme.«

»Im Migros gibt es momentan überhaupt kein Mehl mehr. So was hätte man sich früher gar nicht vorstellen können, oder? Manche Regale sind komplett leer geräumt ...«

»Zumindest hab ich seit gestern wieder Klopapier!«, sagte Viola. Sie kicherte. »Das war vielleicht eine Aktion. Ich hatte durch Zufall gehört, dass um elf Uhr eine neue Lieferung kommen soll. Also bin ich kurz nach elf hin und war dann total enttäuscht, als die Regale leer waren. Zum Glück hab ich sicherheitshalber nochmals bei der Kassiererin nachgefragt. Die hat daraufhin ihre Kasse abgeschlossen, ist losgerannt und hat mir heimlich eine 8er-Packung aus dem Lager geholt. Dafür werd ich ihr ewig dankbar sein.« Sie lächelte, wandte ihr Gesicht sodann der Sonne zu und genoss mit geschlossenen Lidern die wärmenden Strahlen.

»Ihr Deutschen mal wieder«, sagte Freddy und schüttelte den Kopf. »Als ob Klopapier das Wichtigste wäre!«

»Aha, und was ist für euch Schweizer das Wichtigste?«, fragte Viola, die Augenlider immer noch geschlossen. »Käse? Oder Ricola-Bonbons?«

»Quatsch, Guetzli natürlich!«

Viola riss die Augen auf und prustete los. »Guetzli? Im Ernst? Ihr hamstert Kekse?«

»Klar, ohne Klopapier kannst du überleben«, sagte Freddy. »Aber ohne Guetzli macht das Leben doch gar keinen Sinn mehr, oder?«

»Äh, ja. Wenn du das sagst … das ist jedenfalls mal ein ganz neuer Aspekt bei der Betrachtung der Sinnfrage.« Sie nickte und tat nachdenklich. »Hm, und wie viele Guetzli hast du nun noch in Reserve?«

»Zu wenig!« Er schüttelte in gespielter Verzweiflung den Kopf. »Eindeutig zu wenig!«

»Dann stärk dich erst einmal hiermit«, sagte sie und reichte ihm einen weiteren Gugelhupf. »Und sobald ich wieder Mehl habe, back ich dir ganz viele Guetzli.«

Freddys Gesicht hellte sich auf. »Versprochen?«, fragte er und streckte ihr den Zeigefinger entgegen.

»Versprochen!«, sagte Viola. Nachdem sie sich vergewissert hatte, dass gerade niemand zu ihnen herübersah, hakte sie ihren Finger zur Bekräftigung ein.

Bevor Freddy seine Hand zurückzog, strich er ihr zärtlich mit der Fingerkuppe über eine Haarsträhne. Viola zuckte bei der Berührung unmerklich zusammen. Die zarte Geste löste augenblicklich ein wohltuendes, leises Kribbeln in ihr aus. Sie sah ihn eindringlich an.

»Ich vermiss dich so.«

»Ich dich auch«, erwiderte er und schluckte trocken. »Aber das weißt du ja.«

Als sie spürte, dass ihre Augen feucht wurden, drehte sie den Kopf zur Seite. In diesem Moment kam ein rotbraunes Eichhörnchen hinter einem Busch hervorgeschossen und turnte nun wenige Meter von ihr entfernt herum.

»Es war ein Fehler, dass wir nicht gleich zusammengezogen sind«, sagte sie, den Blick starr auf das Eichhörnchen gerichtet.

»Ich bin ursprünglich davon ausgegangen, dass wir uns jederzeit besuchen können«, erwiderte Freddy und zündete sich eine Zigarette an. »Schließlich braucht man für die drei Kilometer von dir zu mir mit dem Rad gerade mal zehn Minuten. Ist ja eigentlich ein Katzensprung.«

Viola betrachtete ihn ein paar Sekunden nachdenklich.

»Ja«, sagte sie dann leise und fegte imaginäre Krümel von der Picknickdecke, »und jetzt sind es Welten.«

»Ich kann da nix dafür«, sagte Freddy. »Und mit einer weltweiten Pandemie konnte schließlich niemand rechnen, oder?«

»Ich rede nicht von der Pandemie«, sagte Viola leise. »Warum hatten wir nicht den Mut, zusammenzuziehen? Wir lieben uns doch!«

»Es lag nicht am Mut, Viola«, sagte Freddy und schüttelte unwillig den Kopf. »Du weißt genau, dass es wegen meiner Arbeit nicht möglich war.«

»Dann wäre ich halt zu dir gekommen. Gemeinsam hätten wir uns auch eine viel größere Wohnung leisten können. Selbst in der Schweiz.« Sie biss sich auf die Lippen.

»Und deine Arbeit?« Freddy ließ den Rauch mit einem Schnauben durch die Nase entweichen. »In der Schweiz hättest du viel längere Arbeitszeiten. Und du würdest deinen Beamtenstatus verlieren.«

Natürlich wusste Viola, dass er damit recht hatte. Da ihr gerade jedoch alles andere im Sinn stand, als eine Diskussion über ihren Beamtenstatus zu führen, ignorierte sie seinen Einwand kurzerhand. »Es wäre einfach mehr Entschlossenheit nötig gewesen«, beharrte sie. Als Freddy nicht gleich etwas erwiderte, schnappte sie nach Luft und setzte nach: »Dann hätten wir jetzt auch nicht diese beschissene Situation.«

Freddy senkte den Blick und drückte seine Zigarette im Gras aus. Eine Weile tranken sie schweigend Kaffee, während jeder seinen eigenen Gedanken nachhing. Schließlich öffnete Viola den Mund, schloss ihn jedoch sogleich wieder. Unsicher sah sie Freddy von der Seite an.

»Apropos, wie läuft es denn …«, wollte Freddy gerade ein neues Gespräch beginnen, als Viola ihm ins Wort fiel.

»Wenn wir verheiratet wären, wäre alles leichter …«

Freddy sah sie erst erstaunt an, dann lächelte er.

»Schätzli, ja. Aber dafür müsste ich halt erst einmal geschieden sein. Leider kommen die Behörden zurzeit einfach nicht voran. Seit Monaten warte ich auf diesen blöden Bescheid.«

Viola schlang die Arme um ihre angezogenen Beine. »Ich weiß. Ist ja auch bescheuert, dass man als Lebenspartner nicht die gleichen Rechte wie Verheiratete hat. Das ist mittelalterlich! Ich frag mich, ob das vom Gesetz her überhaupt zulässig ist.«

»Hm, ja, das ist wirklich die Frage.« Er räusperte sich und wechselte dann abrupt das Thema. »Und wie läuft es in der Schule?«

Viola seufzte und wandte den Blick zum Himmel. Vom See her zogen dunkle Wolken heran. Mit etwas Glück würde es bald regnen. Und dann würden hoffentlich all die Leute um sie herum verschwinden. Sie konnte es kaum erwarten, endlich mit Freddy allein zu sein. »Es ist furchtbar anstrengend«, klagte sie.

»Obwohl du zu Hause bist?«, wunderte sich Freddy.

»Der Fernunterricht stresst mich viel mehr als der normale Unterricht in der Schule. Lernpakete korrigieren, Videokonferenzen, Telefonate führen – alles läuft parallel. Und obwohl ich viel mehr als sonst arbeite, habe ich immer das Gefühl, dass ich noch mehr tun müsste. Ständig plagt mich das schlechte Gewissen.«

Freddy nickte, zündete sich eine neue Zigarette an und rauchte gedankenverloren vor sich hin. Viola lauschte derweil den Klängen eines Gitarrenspielers, der die Leute im Park unterhielt. Sie musterte ihn. Spielte er wirklich für die Parkbesucher? Oder galt seine Darbietung nicht vielmehr allein dieser jungen Frau, die ein Stück weit entfernt im Schneidersitz auf dem Boden saß und ihm andächtig zuhörte. Viola machte den oberen Knopf ihrer Jacke zu. Seit die

Sonne hinter der Wolkendecke verschwunden war, hatte es merklich abgekühlt.

»Immerhin bekommst du nach wie vor dein Gehalt«, meinte Freddy niedergeschlagen. »Ich dagegen hab Berufsverbot. Einfach so. Unverschuldet.«

Viola sah ihn mitfühlend an. »Und was ist mit der Überbrückungshilfe?«, erkundigte sie sich.

»Wer weiß, wann die kommt. Wenn sie überhaupt kommt. Und letztlich ist das auch nur ein Tropfen auf den heißen Stein. Meine monatlichen Kosten laufen doch weiter. Mal schauen, wie weit meine Ersparnisse reichen werden.« Er lachte bitter. »Wenn alles aufgebraucht ist, muss ich eben beim Metro Regale einräumen. Dann kannst du dich an mich wenden, wenn du mal wieder Klopapier brauchst.«

Viola lachte nicht. Stattdessen reichte sie ihm kommentarlos einen weiteren Gugelhupf. Freddy lehnte kopfschüttelnd ab.

Das Eichhörnchen kletterte am Stamm einer Linde hoch, setzte zum Sprung an, flog ein Stück weit durch die Luft und landete schließlich zielsicher auf dem benachbarten Baum. Wenige Sekunden später saß das Tier bereits wieder im Gras. Es beäugte Freddy kurz und verschwand dann – zack – im Gebüsch. Der Gitarrenspieler hatte derweil aufgehört zu spielen. Er schulterte seine Gitarre und warf der jungen Frau zum Abschied eine Kusshand zu. Die Frau hauchte einen Kuss zurück und blickte ihm traurig nach.

Schade, dachte Viola. Er hat schön gespielt.

Sie wandte sich wieder Freddy zu. »Dir fehlt der Applaus, nicht wahr?«, sagte sie. Es war eher eine Feststellung als eine Frage.

»Klar. Vor Kurzem bin ich noch in großen Hallen vor über tausend Zuschauern aufgetreten. Ich brauche den Austausch mit dem Publikum, das Lachen der Leute. Und ja, auch den Applaus.« Freddy zog an seiner Zigarette und blies den Rauch über die Schulter von sich fort. »Die Bühne ist mein Leben. Menschen zum Lachen zu bringen, erfüllt mich mit Glück.«

»Das verstehe ich«, sagte Viola und fing an, Gras zu rupfen. Ein leichter Wind fuhr durch die Bäume und ließ das Laub rascheln.

Freddy legte den Kopf schief und bedachte sie mit einem liebevollen Blick.

»Aber das Wichtigste in meinem Leben, mein größtes Glück, das bist du.«

Viola sah auf, lächelte und rieb mit ihrem Fingerknöchel zärtlich über sein Knie.

Ein weißer Ball kam angerollt und blieb zu Freddys Füßen liegen. Zwei Jungen rannten hintendrein, blieben jedoch abrupt stehen, als sie sahen, wo ihr Ball gelandet war.

»Äh, könnten Sie uns bitte den Ball wieder zurückwerfen?«, fragten sie höflich.

»Klar«, sagte Freddy, erhob sich und kickte den Ball zu den Jungen hinüber.

Viola wischte sich einen Wassertropfen von der Wange. Endlich, Regen! Der Wetterumschwung führte bei den Parkbesuchern umgehend zu einer allgemeinen Aufbruchsstimmung. Decken wurden zusammengefaltet, Kinder herbeigerufen, Taschen eilends eingepackt, Abschiedsworte gesprochen, hier und da wurde ein flüchtiger Kuss ausgetauscht.

»Sollen wir auch aufbrechen?«, fragte Freddy.

Viola schüttelte heftig den Kopf. »Nein, bitte … Mir macht der Regen nichts aus.« Sie blickte ihn inständig an.

Freddy grinste. »Also, mir macht der Regen auch nichts aus. Für so eine süße Zuckerpuppe wie dich könnte es allerdings riskant sein, nass zu werden. Ist dir das klar?«

Viola verdrehte die Augen.

»Das Risiko geh ich für dich ein, mein Schatz.«

Während die letzten Besucher den Park verließen und der Regen zunehmend stärker wurde, packten sie gemächlich ihre Sachen zusammen, damit zumindest diese nicht nass wurden. Endlich war es ruhig um sie herum geworden. Endlich waren sie allein.

Viola strich sich die nassen Haare aus dem Gesicht und machte einen Schritt nach vorn. Ihre Finger krallten sich an die Drähte des Absperrgitters.

Freddy trat von der anderen Seite des Gitters heran und umfasste ihre klammen Finger mit den Händen. Dann pressten sie sich beide eng an den Zaun, so eng es nur ging. Viola konnte seinen Atem spüren, als sein Gesicht sich ihr näherte. Unendlich zärtlich berührten sich ihre Lippen, liebkosten sich ihre Münder.

Viola stieß einen tiefen Seufzer aus. Sie hielt ihr Gesicht noch dichter an den Zaun, der Draht drückte ihr gegen die Wangen, schnitt ihr in die Stirn. Doch das war ihr ganz egal. Sie wollte ihm so nah wie nur möglich sein. Sie wollte seine warmen Lippen verschlingen, sich unter seinen Küssen auflösen, mit ihm eins sein. Es war so viel Liebe in ihr, so viel Sehnsucht! Sie küsste ihn überall, wo sie ihn erreichen konnte, auf die Stirn, auf die Nase, die Wangen. Außer Atem neigte sie den Kopf zur Seite, spürte seinen Hauch an ihrem Ohr, seinen Kuss an ihrer Schläfe.

»Ich halte das nicht aus«, stieß sie hervor. »Ich werde wahnsinnig ohne dich!«

Freddys Finger umschlossen ihre Hände fester, so fest, dass es weh tat.

»Ich vermisse dich unglaublich!«, sagte er und sah ihr dabei tief in die Augen. »Aber wir müssen leider noch eine Weile durchhalten.« Er stieß mit dem Fuß wütend gegen den Zaun. »Am liebsten würd ich diesen Scheißzaun eigenhändig abreißen!«

»Ich fühl mich die ganze Zeit wie in so einem Katastrophenfilm«, sagte Viola. »Ich kann kaum glauben, dass dies alles wirklich passiert!«

»Irgendwann werden wir auch diese Pandemie im Griff haben«, versuchte Freddy sie zu trösten. »Ist ja nicht die erste Pandemie, die die Menschheit erlebt.«

»Wir haben gar nichts im Griff«, zischte Viola. »Diese Pandemie macht mich kaputt! Macht uns kaputt!«

»Panik bringt uns jetzt auch nicht weiter, Schätzli! Du musst versuchen, die Sache realistisch zu betrachten. Alles andere ist kontraproduktiv.«

»Ja, ja, kontraproduktiv, realistisch betrachten«, äffte sie ihn nach. »Wenn ich dir vor einem halben Jahr gesagt hätte, dass wir mal an so einem Zaun stehen müssen, hättest du mich für verrückt erklärt.« Sie rüttelte am Gitter. »Dieser Zaun ist aber da. Er ist absolut real! Also stell mich nicht als hysterisch hin …«

Freddys Gesichtszüge wurden hart. Er öffnete seine Jacke und zündete darunter die nächste Zigarette an. Frustriert blies er den Rauch von sich. Mit dem Rauch entwichen ihm auch Worte. Worte, von denen er wusste, dass sie Viola zutiefst schmerzen würden: »Und ab morgen wird es noch schlimmer.«

Jetzt war es raus. Er hatte es ihr eigentlich behutsam erklären wollen. Nicht so direkt. Doch wie um Himmels Willen sollte man solch eine Hiobsbotschaft in schöne Worte verpacken?

Viola horchte auf. »Wie meinst du das?«, fragte sie alarmiert.

Er hielt schützend die Hand über seine Zigarette und zog nochmals daran. Dann warf er die Kippe zu Boden, trat die Glut mit dem Fuß aus. Mit einer abrupten Kopfbewegung sah er auf und blickte ihr tief in die Augen. »Ich hab gehört, dass morgen auf der Schweizer Seite ein zweiter Zaun gezogen werden soll.«

Viola spürte ein Ziehen im Unterleib. »Wie? Ich versteh nicht.« Ihre Stimme klang auf einmal schrill. »Was meinst du mit einem zweiten Zaun?«

»Zu viele Leute haben wohl das Kontaktverbot nicht eingehalten und sind sich am Zaun zu nah gekommen. Die Behörden wollen nicht, dass sich die Paare berühren. Wegen der Infektionsgefahr. Deshalb wollen sie den Abstand durch einen zweiten Zaun vergrößern.«

»Zu nah?«, krächzte Viola. Tränen rannen über ihre Wangen, vermischten sich mit den Regentropfen auf ihrem Gesicht. Sie fuhr sich mit der Hand über die Augen. »Aber, aber …«, stammelte sie. »Sind die noch ganz dicht? Ein zweiter Zaun?« Sie schüttelte so heftig den Kopf, dass ihr die nassen Haarsträhnen ins Gesicht klatschten. »Das verstößt bestimmt gegen das Grundgesetz. Und verletzt die Menschenwürde!« Ihre Lippen bebten vor Empörung.

Freddy erwiderte nichts. Er sah sie nur traurig an.

»Ich … ich schmeiß hier alles hin!«, schrie Viola zornig. »Ich hau ab. Das ist mir alles egal! Ich komm jetzt zu dir!« Sie rannte los. Immer am Zaun entlang. Bis zum Seeufer. Freddy rannte auf der anderen Seite des Zauns neben ihr her. Erst als sie das Ende des Zauns erreicht hatte, blieb sie stehen. Der Zaun reichte mehrere Meter in den Bodensee hinein.

Sie streifte sich Schuhe und Strümpfe von den Füßen, riss ihre Hose herunter und knöpfte die Jacke auf.

»Viola, hör auf!«, rief Freddy. »Das bringt doch nichts!«

»Willst du gar nicht, dass ich zu dir komme?«, kreischte sie zurück. Sie sah ihn wild an und schleuderte die Jacke von sich. »Du willst es gar nicht! Sag schon!«

»Natürlich will ich es!«, rief Freddy. »Aber …«

»Dann sag es endlich!«, heulte Viola. »Sag mir, dass ich kommen soll!« Sie stakste ein paar Schritte in den See hinein, nur noch bekleidet mit Slip und Pullover. Das Wasser war so kalt, dass es ihr im ersten Moment den Atem raubte. Tausende Nadelstiche bohrten sich in ihre Haut.

»Das würde ich ja gerne«, rief Freddy, legte ebenfalls hastig seine Kleidung ab und rannte ihr nach. »Ja«, schrie er, »ja, dann komm zu mir! Komm!« Als er mit den nackten Beinen das eiskalte Wasser betrat, blieb er jählings stehen und japste nach Luft. Verdammt, war das kalt! »Ich frag mich nur, was aus deiner Schule wird. Willst du die Arbeit denn einfach so hinschmeißen? Dann haben wir beide kein Geld mehr.« Er hatte die letzten Worte eigentlich mehr zu sich selbst gesprochen, Viola hatte es dennoch gehört.

»Geld?«, schrie sie auf. »Hier geht es doch nicht ums Geld!«

Sie watete mit rudernden Armen durchs Wasser, ging immer tiefer hinein, so weit, bis sie das Ende des Absperrgitters erreicht hatte. Dort kam ihr Freddy entgegen und schloss sie in die Arme. Sie liebkosten sich, küssten sich, klatschnass, zitternd. Bereits nach wenigen Sekunden jedoch hielten sie die Kälte nicht mehr aus. Um sich warm zu halten, fassten sie sich an den Händen und hüpften auf und ab.

»Nein, es geht nicht ums Geld«, keuchte er. »Du hast recht. Aber gerade wenn die ganze Welt verrückt spielt, müssen wir stark bleiben. Wir dürfen uns von diesem Irrsinn nicht mitreißen lassen. Vielleicht … vielleicht ist das mit dem zweiten Zaun ja auch nur ein Gerücht und es stimmt gar nicht.«

Viola ließ seine Hände los. Reglos stand sie da und ließ den Kopf hängen. Sie wollte nicht nach diesem Strohhalm greifen, den er ihr da gerade anbot. Nein, sie wusste ganz genau, dass Freddy nicht von einem Gerücht ausging. Beim geringsten Zweifel hätte er die Sache für sich behalten. Allein schon, um sie nicht unnötig aufzuregen. Ganz sicher würden sie diesen zweiten Zaun ziehen. Und mit diesem zweiten Zaun würde die Situation noch übler werden. Wie sollte man da stark bleiben?

»Ich schaffe das nicht«, heulte sie. »Wer weiß, wie lange wir uns nun nicht mehr berühren dürfen! Ich halte das nicht aus ohne dich!« Resigniert ließ sie sich ins Wasser sinken, doch Freddy packte sie sogleich unter den Achseln und zog sie in die Höhe. Als er spürte, wie kalt sie war, hakte er sie unter und führte sie entschlossen ans deutsche Ufer zurück. Dort angekommen nahm er ihr Gesicht in beide Hände und überhäufte sie mit Küssen. Viola nahm die Küsse still entgegen. Sie fühlte sich wie betäubt. Ja, sie war so deprimiert, dass sie nicht einmal mehr die sich ausbreitende Kälte in ihrem Körper wahrnahm.

Am **15. März 2020** entschied der deutsche Bundesinnen-minister als Maßnahme gegen die Ausbreitung des Corona-virus, die Grenzen zur benachbarten Schweiz zu schließen. Zwischen Konstanz und Kreuzlingen wurde ein Grenzzaun errichtet. Besuche wurden untersagt.

**Am 3. April 2020** errichteten die Schweizer Behörden auf dem 350 Meter langen Grenzabschnitt einen zweiten Grenzzaun.

Viola verstarb am **10. April 2020**.
Ursächlich für ihren Tod waren die Komplikationen einer durch Unterkühlung hervorgerufenen Lungenentzündung in Zusammenhang mit einer COVID 19–Infektion.

Freddy arbeitet heute immer noch als Comedian in der Schweiz. Er bewohnt ein kleines Reihenhaus, dessen Gar-ten an das Grundstück des Nachbarn grenzt. Entschieden setzte er sich dafür ein, dass kein Zaun zwischen den Grund-stücken gezogen wird.

## Just married

SABINE BARTSCH

*10. Mai 2020*

Mein Herz macht einen kleinen Hüpfer, als die Nachricht auf dem Bildschirm aufploppt. Endlich! Endlich werden auch wir ins Homeoffice geschickt. Wie sehr habe ich mir das gewünscht. Holger arbeitet schon seit drei Wochen zuhause und findet es toll. Seitdem verlasse ich unsere Wohnung morgens immer mit einem seltsamen Gefühl von Neid. Ich hetze zur Bahn, während er sich noch einmal genüsslich die Bettdecke über den Kopf ziehen kann. Und wenn ich abends völlig erledigt nach Hause komme, empfängt mein Mann mich tiefenentspannt mit einem Drink in der Hand. Jawohl! Mein Mann! Vor drei Monaten haben wir uns das Ja-Wort gegeben. Wir haben uns getraut, wie man so schön sagt. Nach fünfzehnjähriger Beziehung, in der es weit mehr Höhen als Tiefen gab, war das einfach dran.

Als Katinka das Büro betritt, setze ich schnell meine FFP2-Maske auf. Wie immer wirkt sie gestresst. »Hi, Isa, du hast es ja gelesen, ab morgen Homeoffice.«

»Ja.« Zum Glück kann sie mein fröhliches Grinsen unter der Maske nicht sehen. Ich beobachte fasziniert, wie sich ihre Stirn in sorgenvolle Falten legt. »Großer Mist«, füge ich deshalb schnell hinzu.

»Du kennst ja die engen Deadlines. Alle Projekte, die du morgens auf dem Rechner hast, will ich abends erledigt wissen.«

»Geht klar.«

»Täglich um zwölf machen wir ein Videomeeting.«

Ach, schade. Damit fällt die gemeinsame Mittagspause mit Holger schon mal flach. »Wie lange wird das Meeting denn dauern?«

»Das dauert solange es eben dauert«, entgegnet Katinka genervt. »Dieses Scheißvirus bringt den kompletten Ablauf durcheinander. Ich hasse es!«

»Auf mich kannst du jedenfalls zählen«, entgegne ich aufmunternd. »Ich schaffe zuhause das gleiche Pensum wie hier. Vielleicht sogar mehr.«

Ich sehe mich schon mit Holger am See sitzen, die Laptops auf den Knien. Neben uns einen Coffee to go. Wie in diesen amerikanischen Filmen.

Katinka seufzt schwer. »Wir sind komplett unterbesetzt. Und die Arbeit wird mehr und mehr.« Nervös kratzt sie sich am Kopf. »Wenn uns wegen des Lockdowns auch nur ein Kunde durch die Lappen geht, macht der Chef Hackfleisch aus mir.«

»Du kannst mir gerne einen Auftrag mehr geben, dann hänge ich halt eine Stunde pro Tag dran.«

Vermutlich ist man an so einem See ohnehin viel kreativer.

Katinka sieht mich erleichtert an. »Echt? Bist du sicher, dass du das schaffst?«

»Kein Problem, das schaff ich locker.«

Das wird mir ein paar Bonuspunkte einbringen, die ich gut gebrauchen kann. Schließlich bin ich in der Probezeit.

»Danke, Isa. Du kannst den Laptop natürlich mit nach Hause nehmen. Wenn du irgendwas brauchst: Schreibtisch, Bürostuhl oder so, dann lass es mich wissen.«

Holger hat sich eine kleine Arbeitsecke im Schlafzimmer eingerichtet. Da bleibt für mich nur der Wohn-Essbereich. Na ja, wird schon gehen.

Katinkas Stirn ist noch immer sorgendurchfurcht. Mit ihrem unruhigen Blick über der Maske wirkt sie wie ein Dackel auf Speed.

Als am nächsten Morgen der Wecker klingelt, durchströmt mich eine Welle großen Glücks. Ich drehe mich um und kuschle mich an Holger, der sich noch in tiefsten Träumen zu befinden scheint. Einfach ein paar Minuten liegen bleiben und dem Trommeln des Regens zuhören, denke ich. Dem Trommeln des Regens? Scheiße, es regnet! Dabei wollte ich doch an den See und eine ganz neue Kreativität in mir entdecken. Egal, allein die Tatsache, dass ich im Bett liege, zu einer Zeit, in der ich sonst in einer völlig überfüllten Bahn

Richtung Büro zuckele, ist Luxus pur. Holger schnarcht leise. Seine Haare stehen wirr vom Kopf ab. Sie fühlen sich klebrig an, als ich darüberstreiche.

Zwanzig Minuten später sitze ich mit einer Tasse Kaffee vor dem Rechner und checke meine Aufträge. Puh, ganz schön viel. Als erstes soll ich den Werbeslogan für ein Autohaus entwickeln. Ich lehne mich zurück und blicke aus dem Fenster in der Hoffnung auf Inspiration. Die Fensterscheiben sind mit grauen Schlieren durchzogen. Draußen ist es trüb und ungemütlich. Wenn ich jetzt am See säße, würde mir der Slogan nur so zufliegen, da bin ich sicher. Wenn ich Libellen beobachten könnte, oder Vögel. Mich fröstelt. Vielleicht irgendwas mit Libellen? Wie passen Libellen zu einem Autohaus? Wie heißt das noch gleich? Ach ja, Autohaus Weber. Sehr originell. Die Libellen des Autohaus Weber, haha. *Wir sind wendig wie Libellen* vielleicht?

Wo ist eigentlich Holger? Ich schleiche auf Zehenspitzen zur Schlafzimmertür und horche. Alles still. Vorsichtig öffne ich die Tür. Mein Mann sitzt im Bett, sein Tablet vor sich, Ohrstöpsel im Ohr. Er bemerkt mich erst, als ich vor ihm stehe. Hastig klappt er die Hülle des Tablets zu. »Hey, guten Morgen.«

Ich setze mich auf den Bettrand. »Morgen, mein Schatz. Willst du gar nicht aufstehen?«

»Du kannst dir nicht vorstellen, wie gut man im Bett arbeiten kann.« Er grinst mich an. »Das mache ich so, seit ich im Homeoffice bin. Und wie läuft's bei dir?«

»Geht so. Ich muss mich erstmal dran gewöhnen. Der Küchenstuhl ist jedenfalls Gift für meinen Rücken. Soll ich dir einen Kaffee bringen?«

»Das wäre ein Traum«, entgegnet er und streicht mir zärtlich eine Haarsträhne aus dem Gesicht. »Und dann kommst du zurück ins Bett und wir machen uns einen gemütlichen Tag.« Lachend stehe ich auf. Im Türrahmen werfe ich meinem Mann eine Kusshand zu, er zwinkert vieldeutig zurück. Wie schön das Leben doch ist, wenn man geliebt wird.

Bevor ich zur Kaffeemaschine gehe, checke ich meine Nachrichten.

Katinka schreibt: » *Wir sind wendig wie Libellen*? Willst du mich verarschen???«

18. Mai 2020

Die erste Homeoffice-Woche ist vorbei und ich mit den Nerven am Ende. Nichts, absolut gar nichts, was ich Katinka vorgeschlagen hatte, hat ihre Gnade gefunden.

Ich: *Guter Atem macht deinen Tag zum Erfolg!*

Katinka: Das ist sowas von Neunziger.

Ich: *Mit frischem Atem frisch in die Schlacht!*

Katinka: Was stimmt nicht mit dir, Isa?

So ging das die ganze letzte Woche. Slogan für Slogan.

Okay, ich war schon mal origineller. Aber was kann ich dafür, dass man uns in Küchen sperrt? Wie soll man da kreativ sein? Ich blicke aus dem Fenster, sehe grauen Himmel und meine Synapsen fallen ins Koma. Die Gespräche mit Holger, die ich sonst immer so anregend fand, werden auch von Abend zu Abend fader. Worüber sollen wir schon reden? Wir erleben ja nichts. Einen Tag habe ich es ihm gleichgetan und bin im Bett geblieben, um zu arbeiten. Das hat meinen Mann so zappelig gemacht, dass er in die Küche geflüchtet ist. Meiner Kreativität hat es nicht geholfen.

Am nächsten Tag sitze ich wieder um sieben auf dem Küchenstuhl und ärgere mich, dass Holger bis zehn schläft. In der Zeit hätte er putzen und einkaufen können. Aber ich will nicht kleinlich sein. Schon gar nicht spießig, deshalb habe ich bis jetzt nichts gesagt.

Aber nun ist Schluss mit lustig. Mein lieber Mann wird sich bequemen müssen, für eine saubere Wohnung und einen vollen Kühlschrank zu sorgen. Schließlich arbeite ich wie eine Blöde, um meine Probezeit zu überstehen. Manchmal bis in die Nacht.

Ich denke nicht daran, ihm noch ein einziges Mal Kaffee ans Bett zu bringen. Wer bin ich denn? Seine Zofe? Und wie der in letzter Zeit rumläuft. In diesen ausgebeulten Jogginghosen, mit ungekämmten Haaren und fleckigem Shirt. Wie ein Penner. Sein Anblick ist eine Zumutung. Kaum zu ertragen. Manchmal müffelt er sogar. Wie oft duscht der eigentlich? Einmal pro Woche? Weniger? Es ist nicht zum Aushalten.

Als die Schlafzimmertür knarrt, blicke ich auf die Uhr. Halb zwölf. In einer halben Stunde habe ich die Videoschalte mit dem Team. Das war die vergangene Woche kein Spaß. Das wird heute kein Spaß. Ich sehe die Sorgenfalten auf Katinkas Stirn schon vor mir. Ihren unzufriedenen Blick, der nur mir zu gelten scheint.

»Morgen, Schatz«, murmelt er.

Mein Ehemann schlappt zur Kaffeemaschine. Im Goofy-Schlafshirt! Ohne Unterhose! Ohne Umweg über das Bad!

»Es ist Mittag!«, entgegne ich scharf.

Er schaut mich überrascht an. »Gibt es ein Problem, Süße?«

»Nicht doch«, zische ich.

Holger zuckt unbekümmert mit den Schultern und geht zum Kühlschrank. »Hier herrscht ja gähnende Leere«, sagt er und kratzt sich am Hintern. Am liebsten würde ich ihm irgendwas an den Kopf schmeißen. »Dann geh halt einkaufen!« Meine Stimme ist Eis.

Er sieht mich wieder an. »Was ist los, Isa?«

Dieser Hundeblick! Wie hatte ich darauf nur reinfallen können?

»Kannst du bitte die Küche verlassen, ich habe jetzt gleich ein Meeting.« Ich sehe meinem Mann nach, der mit eingezogenen Schultern zurück ins Schlafzimmer geht. Der legt sich wirklich wieder hin! Ich fasse es nicht!

Zwanzig Minuten später sitze ich kerzengerade vor der eingeschalteten Kamera und kontrolliere mein Outfit. Die hochgesteckten Haare signalisieren Seriosität. Das schwarze Top und dezente Make-up ebenfalls. Aber das Gesamtbild stimmt noch nicht. Ich hetze ins Bad und lege einen etwas dunkleren Lidschatten auf. Zurück vor der Kamera finde ich mich perfekt gestylt. In der Werbebranche die halbe Miete. Mit klopfendem Herzen sehe ich auf die Uhr. Eine Minute vor zwölf. Ich setze ein Lächeln auf und wähle mich ein. Katinka ist noch nicht im Raum, dafür Mark und Philipp. Beide alte Hasen in der Branche. Wir überbrücken die Zeit mit Small Talk. Was machen die Kinder? Wie geht es den Partnern? Eigentlich sind es nur die zwei Männer, die sich unterhalten, während ich ein interessiertes Gesicht aufsetze und an den richtigen Stellen lache. Dann sehen wir, dass Katinka den Raum betritt und verstummen. Fünf Minuten zu spät, das sieht ihr gar nicht ähnlich. Sie sieht entspannter aus als erwartet.

»Sorry, Leute, ich war gerade noch in einem anderen Meeting.« Katinka macht eine bedeutungsvolle Pause. Dann lässt sie die Bombe platzen. »Wir haben einen neuen Kunden!«, sagt sie strahlend. Mir bleibt das Herz stehen. Wir schaffen unsere Arbeit doch so schon nicht. Und die neue Kollegin, die zum nächsten Ersten anfangen wollte, hat in letzter Minute abgesagt. Insgeheim war ich erleichtert, denn die hätte mich meinen Job kosten können. »Was für einen Kunden?«, fragt Mark.

Katinka blickt triumphierend in die Runde. »Es ist nicht irgendein Kunde. Es ist *der Kunde*!«

Ich verstehe nur Bahnhof.

»Du redest von *dem Kunden?*«, fragt Philipp.

Ich verstehe immer noch nur Bahnhof.

»Ich rede von *dem Kunden*«, sagt Katinka stolz.

Ich verstehe Bahnhof-Bahnhof.

»Könntest du mich bitte ins Bild setzen?«, sage ich in seriösestem Werbejagon. Im Hintergrund knarrt etwas.

»Es geht um den Produzenten exklusivster Messer«, erläutert Katinka. »Weltmarktführer. Ich bin schon ewig an dem dran. Jetzt haben wir ihn! Vorausgesetzt, der Slogan, den wir entwickeln, überzeugt den Kunden. Ich schicke gleich Sven los, der wird euch jeweils ein Messerset bringen, damit ihr wisst, worüber wir reden. Wer von Euch den besten Slogan …« Sie stockt.

Zunächst registriere ich Katinkas größer werdende Augen. Dann den ungläubigen Blick von Philipp. Und dann meinen Ehemann, der mit nacktem Arsch hinter mir zur Kaffeemaschine schlurft.


*22. Mai 2020*


Unsicher streicht mein Finger über die Senden-Taste. Ich drücke sie nicht. Stattdessen wandert mein Blick zum Küchenfenster. Die Sonne scheint. Werde ich Katinka überzeugen können? Noch einmal hole ich tief Luft, dann drücke ich die Taste, schicke die Nachricht ab.

Ich: *Mit dieser Klinge zerlegst du alles. Vom Hasen bis zum Großwild – und wenn es mal nötig ist, auch einen Ehemann.*

Danach sitze ich da und starre auf den Bildschirm. Meine Beine zittern, ein Schweißtropen läuft meinen Hals hinab. Nach einer gefühlten Ewigkeit kommt endlich eine Reaktion.

Katinka: *Das ist die Isa, die ich eingestellt habe. Daumen hoch!*

## Freude verleiht Flügel

PETRA RITTER

Das Handy kommt in den Schrank.

Luna stand Kopf. Die Zeit wurde immer knapper, die Aufgaben wuchsen. Morgen war es so weit.

13. März 2020 – ihr Feiertag. Eigentlich hasste sie Geburtstage. Sie bedeuteten nur Arbeit und der Genuss am Feiern kam zu kurz. Aber diesmal …

Diesmal wollte Luna es so richtig krachen lassen. Für ihre siebzig Jahre war sie noch passabel und das wollte sie auch ihren alten Freunden zeigen. Genauso verrückt wie früher sollten sich alle in die alten Zeiten hineinversetzt fühlen. Leben aus dem Vollen – forever young. Ihre blonden Locken, der Haarreif und ihr kurzer Rock sprachen dafür.

Das Handy – schon wieder. Selbst im Schrank gab es keine Ruhe. Also nicht hinhören.

Alle Bestellungen, wie das Catering und die Getränke, waren erledigt und nun wollte sie sich nicht mehr stören lassen. Oder doch? Ohne Handy fühlte sie sich irgendwie ausgeschlossen von der übrigen Welt. Sie war interessiert an allem Neuen und hatte so das Gefühl, mittendrin zu sein. Mitreden können, Standpunkte austauschen, Handlungsspielräume erkunden und vor allen Dingen die Wesensmerkmale von Menschen waren das, was sie lebenslang fasziniert hatte. Sie schmunzelte in sich hinein und dachte an ihre beiden Töchter.

Die eine, Elisabeth, sportlich und draufgängerisch, nahm jeden Kampf mit den Jungen auf, oft genug erfolgreich. Sie konnte sich schnell Respekt verschaffen, notfalls mit körperlichem Einsatz, in Situationen, in denen die Kontrahenten nicht darauf vorbereitet waren.

Ganz anders war dagegen ihre Schwester Rosemarie. Sie agierte mit Blicken und Körpersprache, wenn es darum ging, wer als erste in die Pralinenschachtel greifen durfte.

Luna wurde aus ihren Gedanken gerissen. Seit Wochen dachte sie über das Thema Resilienz nach, über die Kräfte, die in uns allen schlummerten. Während aktuelle Ratgeber sich damit befassten, zu einer entspannten Lebensgestaltung in hektischer Zeit zu finden, wurde Resilienz dabei selten in Betracht gezogen. Allein am Beispiel ihrer unterschiedlichen Kinder sah sie, wie die eine mit dem Leben tanzte und die andere mit Wissen und Ausdauer unter Einsatz ihrer körperlichen Kräfte ihren Alltag gestaltete. Luna nahm sich vor, hierüber in der Erwachsenenbildung zu referieren, gleich nach ihrem Geburtstag.

Das Handy vibrierte. Sie hörte es aus dem Schrank. Nun doch wieder raus damit.

Ein Blick auf das Display zeigte Spiegel Online: Empfehlung zur Bevorratung, aber Warnung vor Hamstereinkäufen. Luna las quer und dachte nur eins: Ich brauche nix, denn nach der Feier gibt´s genügend Reste.

Luna verlor sich in der Vorstellung von ihrer Feier. Ihr Blick streifte nochmal das weiß-rote Pünktchen-Kleid mit dem Petticoat. Die Nahtstrümpfe lagen parat. In Gedanken sah sie ihre Freundin Doro aus Berlin. Sie wollte mit Pillbox, dem kleinen Hütchen mit Schleier, kommen und dazu das Kleine Schwarze tragen, das streifenweise Durchblick gewährte.

Inmitten dieser Gedanken klingelte es. Ausgerechnet jetzt. Missmutig öffnete sie die Tür. Ihr stets hilfsbereiter Nachbar, der gelegentlich wortlos frische Brötchen vor die Tür stellte, ungefragt ihre Kehrwoche übernahm und nur zu gern ihre Päckchen bei Abwesenheit annahm, bot sich an, zwanzig Kilo Kartoffeln, regional versteht sich, zu besorgen. Diese Menge sei angebracht in dieser Zeit. Schließlich habe das gefährliche Virus seinen Einzug auch in Deutschland gehalten. Genervt wies Luna das Angebot zurück. Sie brauche keine Kartoffeln und sei für längere Zeit versorgt. Schnell verschloss sie die Tür, da klingelte es auch schon auf ihrem Festnetz.

Sie griff zum Hörer.

»Firma Wildmann, Catering-Service, guten Tag! Sie hatten für morgen bei uns bestellt? Es tut uns leid, wir müssen den Auftrag stornieren. Wir dürfen nicht liefern. Feiern im größeren Rahmen sind ab morgen verboten. Corona!«

Luna verschlug es die Sprache, und das sollte was heißen! »Moment mal«, rief sie, aber der Anrufer unterbrach sie und aufgeregt klagte er, dass er gar nicht wisse, wohin mit der hochwertigen Ware.

»Einigen Kunden ist ein Strich durch die Rechnung gemacht worden«, betonte der Caterer. Aber da ginge es nur um einen Tag und nur um eine Feier. Seine Probleme betrafen einen Zeitraum, der noch nicht absehbar sei. An die finanziellen Verluste wolle er nicht denken. Eine floskelhafte schnelle Verabschiedung folgte.

Luna war außer sich. Das konnte doch nicht sein. Natürlich hatte sie was von einem Virus gehört, aber das war doch weit weg, oder? Schnell warf sie einen Blick auf die aktuellen Nachrichten und da stand es schwarz auf weiß – Regierungspressekonferenz am 13. März 2020:

Das Robert-Koch-Institut sprach aufgrund der Zunahme der Covid-19-Erkrankungen von einer Pandemie. Bundesweite Zahlen von vorrätigen Notfallbetten und Beatmungsgeräten werden genannt. Private Kontakte müssten auf ein Mindestmaß reduziert werden.

Ein klares AUS für alle Planungen. Luna wurde klar, dass sie sich in den letzten Tagen ausschließlich um ihre Feier gekümmert hatte. Alles andere war in den Hintergrund getreten.

Bedrückende Stimmung machte sich breit, nicht nur bei Luna. Ihre Kinder, Enkelkinder und Freunde – alle waren fassungslos. Die abgesagte Feier stand nicht mehr im Mittelpunkt. Ratlosigkeit überall.

Der Geburtstag fand statt, aber wie: Kartoffelsalat und Würstchen wurden kredenzt wie in der Kinderzeit, nur mit der Familie, ganz ruhig, gedämpft, und mit dem einen Thema – Corona.

Dazwischen immer wieder neue Nachrichten und Bilder, die erschreckten. Ziemlich still, aber besonders herzlich verabschiedeten sich alle nach der kleinen Feier.

Luna war allein. Hellwach überstürzten sich ihre Gedanken. Wie sollte sie sich verhalten? Doch Vorrat einkaufen? Wie sollte es weitergehen? Durfte man vielleicht das Haus nicht mehr verlassen, seine Kinder und Freunde nicht besuchen? Was sollten die Kinder machen? Durften sie in die Schule? Wie sollte sich Luna schützen? Sollte, ja musste sie wirklich Abstand wahren, auch innerhalb der engsten Familie, bei ihren Enkeln? Fragen über Fragen – bis sie endlich in einen unruhigen Schlaf fiel.

Luna hatte Angst. »Luna Lebensfroh« nannten sie ihre Freunde oftmals, wenn sie pragmatisch agierte, während andere planten. Ihre Spontanität brachte sie oftmals in kuriose Situationen, die ihr Leben bunt färbten. Sie verstand darunter die Würze des Lebens.

Die nächsten Tage waren für Luna mit Nachrichten und Skypen ausgefüllt. Jeder Kontakt gewann an Wert. Die Meinungen über die neue ungekannte Situation einer Pandemie waren unterschiedlich und zeigten letzten Endes eine Unsicherheit auf allen Ebenen. Schutzmaßnahmen wurden angeordnet, konnten aber nicht sofort umgesetzt werden.

Masken und Impfstoff waren knapp oder fehlten gänzlich. Stattdessen wuchsen die Schuldzuweisungen und erste Verschwörungstheorien wurden laut.

Luna konzentrierte sich auf ihren neuen Tagesrhythmus. Sie genoss es, nicht mehr vom Wecker geweckt zu werden. Sie schätzte das genüssliche Frühstücken mit der Zeitung, ohne Termindruck. Nun hatte sie auch die Muße, sich mit Resilienz zu beschäftigen, zuerst mit der eigenen. Die dringlichen Fragen unseres Lebens, gerade jetzt in einer noch nie dagewesener Zeit der Pandemie, mussten ins Visier genommen werden. Was benötigten wir für ein erfülltes Leben? Was brauchte ich als einzelner Mensch? Was brauchte meine Familie, meine Gemeinschaft, die Gesellschaft?

Luna fühlte sich unwohl. Wie lächerlich war in dieser Zeit ihre Traurigkeit wegen einer ausgefallenen Geburtstagsfeier. Wie viele Fragen waren zu klären, um wieder zu einem funktionierenden Leben zu finden?

Sie wollte sich nicht unterkriegen lassen und ihre Umgebung mit allen Sinnen erfassen. Schon nahm sie die Sonne wahr, die mit ihrem Licht helle Kränze um die kleinen Blütenspitzen legte. Ein warmer, sonniger Frühling kündigte sich an, der das Leben eigentlich pulsieren lassen sollte. Sie hörte die Vögel lauter als sonst zwitschern, ein vielstimmiges Konzert. Wann hatte sie das so intensiv gehört und wahrgenommen?

Jäh wurde sie aus ihrer Stimmung gerissen. Ein zweimaliges Klingeln, so kurz wie nur möglich. Das konnte nur der wortkarge, aber hilfsbereite Herr Witzigmann sein, dachte Luna. Wie immer so leise wie möglich und so unsichtbar, dass es fast unheimlich war. Er war zur Stelle, wenn es darauf ankam.

»Kartoffeln«, sagte er, »nur fünf Kilo«. Er stellte einen mittelgroßen Sack ab, drehte sich um und war sofort wieder hinter seiner Tür verschwunden.

»Danke«, rief Luna schnell hinterher. »Was bekommen Sie …« Es war zu spät, er war weg – wie immer.

Luna schmunzelte. Diesmal kam er gar nicht ungelegen. Corona hatte ihren Alltag umgekrempelt. Tägliches Kochen nahm in der Pandemie einen Stellenwert ein, der neu für sie war. Sie probierte neue Rezepte aus aller Herren Länder aus. Manches gelang gut, aber ohne den gemeinsamen Genuss in fröhlicher Runde empfand sie den Aufwand letztendlich als viel zu groß. Das Einkaufen von Lebensmitteln in systemrelevanten Geschäften war das Highlight des Tages.

Sie wurde immer unzufriedener. Tag um Tag verging, selbst bei vielseitiger Beschäftigung hatte sie abends das Gefühl, dass die Zeit davon raste, ohne sinnvolle Spuren zu hinterlassen.

Ich bin eine junge Alte mit viel Energie, unterschiedlichen Interessen und brauche ein neues Plätzchen zur Entfaltung, dachte sie. Was sollte sie nur tun?

Sie las, was ihr unter die Finger kam. Bücher, Broschüren, Infoblätter. Sie suchte nach Inspiration für neue Aktivitäten.

Die Nachrichten rund um Corona steigerten sich ins Negative und nährten ihre Angst. Sollte dieses Leben ein Dauerzustand sein? Unterschiedliche Meinungen prallten auf Tatsachen, die die Pandemie noch undurchschaubarer machten. Inzwischen gab es Impfstoffe – aber in widersprüchlicher Qualität. Homeoffice, Jobverlust oder Kurzarbeit veränderten das Leben vieler Menschen, aber auch Umsatzeinbrüche oder neue Arbeitswelten mussten gestemmt werden. Um vom Ausnahmezustand zurück in den Normalzustand zu kommen, brauchte es Mut und Ausdauer. Die Stimmung in der Öffentlichkeit, anfänglich geprägt durch verbindende Unsicherheit, wandelte sich zu Wortkargheit und Verdrießlichkeit. Luna spürte es bei ihren Einkäufen. Das kleine Schwätzchen am Rande, das sie so schätzte, gab es nur noch selten.

Je schlechter die Nachrichten, desto größer war Lunas Hunger nach Kultur und Lebenslust. Sie musste sich noch lange gedulden, den Sommer abwarten, mit kleinen Zugeständnissen der Begegnungen zufrieden sein, kleine Hofkonzerte am Fenster genießen und dann endlich konnte sie im Freien wieder Freunde treffen. Das Leben nahm wieder Fahrt auf, aber die Unbeschwertheit fehlte.

In dieser Zeit las sie eine Meldung in einem Seniorenblättchen, die Luna empörte. Älteren Menschen wurden alle möglichen Hilfsmittel für den Tagesablauf angeboten. Alles wies auf ein Altern in Morbidität hin. Kein Hinweis auf

Kontakte, Lebensfreude oder Lebensmut. Keine Hinweise auf Möglichkeiten, geistige oder körperliche Beweglichkeit zu entwickeln und zu halten. Spaß und Genuss waren kein Thema. Krankheitsthemen waren vorherrschend.

Nach längerer Recherche wandte sich Luna an den Verfasser. Der betonte kühl, dass Krankheit und Geldverdienen leider zusammengehörten. Gesundheit und Lebensfreude seien keine Börsenchampions. Süffisant gab er die Empfehlung, sich an Seniorenvereine zu wenden. Dort gäbe es vielleicht passende Angebote.

Bisher war Luna nur auf kostenpflichtige und eher partnerschaftsbezogene Angebote für Ältere im Netz aufmerksam geworden. Danach suchte sie nicht. Sie dachte an Kontakte unter gesellschaftlich-sozialen Aspekten. Nach längerer Recherche fand sie einen von der Stadt unterstützten Verein für aktive Menschen im Rentenalter. Sie nahm Kontakt auf und es entwickelte sich ein langes Gespräch mit der Einladung, an der nächsten Sitzung online teilzunehmen. Luna nahm die Einladung interessiert an.

Sie war überrascht. Von Krankheit und deren Bekämpfungsmethoden war keine Rede, stattdessen eine Fülle von Angeboten zum Miteinander auf dem Weg in die späteren Jahre. Bewegungstreffs, Wanderungen, Abendcafé, Diskussionsgruppen, aber auch Themen wie Erbrecht, Sicherheit im Haus und Erledigung von Kleinreparaturen standen auf dem Programm des Vereins. Nach dieser ersten Sitzung folgten weitere. Für Luna kristallisierte sich heraus, dass sie an dieser Stelle etwas Neues ins Leben rufen konnte: Tanzen! Tanzen für Menschen im Ruhestand.

In Gedanken sah sie ältere Paare und Singles bei Kaffee und Kuchen Kontakte knüpfen und das Tanzbein zu flotter Musik schwingen. Lebensfreude pur und Geselligkeit sollte es bringen, wenn die jungen Alten sich verausgabten. Die Zustimmung des Vereins war sicher und schon bald hatte Luna die passende Location gefunden. Der Wirt freute sich auf die künftigen Tanzgäste und den zu erwartenden Umsatz. Seine Branche hatte in der Coronazeit extrem gelitten. Nun war Aufbruchsstimmung. Großzügig konnte ein Vertrag geschlossen werden, der beide Seiten zufrieden stellte. Zwei Musiker standen für Stimmung und Tanzmusik bereit.

Luna war zufrieden. Sie schaute nach vorn. Im nächsten Monat sollte die erste Veranstaltung stattfinden. Sie ärgerte sich über ihre überflüssigen Pfunde, die sie sich in der Coronazeit unübersehbar zugelegt hatte. Was sollte sie anziehen?

Dabei dachte sie doch schon wieder mit Wehmut an den Siebzigsten, der nicht hatte stattfinden können, weil Covid-19 regierte. Was hatte sie versäumt, welche schönen Erinnerungen fehlten? Wieviel Zeit blieb den älteren Menschen? Ein Grund Vollgas zu geben.

Sie warf einen Blick in ihren Kleiderschrank. Griffbereit lagen die bequemen Kleidungsstücke, die für Freizeit standen. Schnell war sie in der Coronazeit angezogen – für zuhause. Das sollte sich jetzt ändern. Sie räumte gnadenlos auf. Da, der Streifenpulli in ihrer Lieblingsfarbe pink. So kuschelig er auch war, er betonte gerade die Stellen ihres Körpers, die besser kaschiert werden sollten. Weg damit. Er hatte mit seiner frischen Farbe gute Dienste geleistet in der grauen stillen Pandemiezeit. Jetzt war Schluss damit. Jetzt wollte Luna wieder eine gute Figur machen. Sie nahm sich vor auf ihre Naschereien zu verzichten. Als Motivation sah sie sich in Gedanken auf dem Tanzboden schweben.

Sie sortierte, musterte aus, aber so manches Kleidungsstück barg so viel Erinnerungen in sich, dass sie sich nicht davon trennen konnte. Sie waren Beweisstücke ihres vielseitigen Lebens.

Eine neue Nachricht ließ sie innere Freudensprünge machen. In vier Wochen sollte es so weit sein: Tanztee bei Reisers von 15 bis 20 Uhr.

Wieder eine Vorfreude, die sich nicht erfüllte. Die Inzidenzwerte sprachen dagegen. Die Gefahr der Ansteckung war zu groß. Corona war zu bedrohlich nahe.

Luna war wieder einmal enttäuscht und wütend, aber auch vernünftig genug, um die Gefahr der Ansteckung zu erkennen. Tanzen mit Maske war nicht prickelnd und die Gesundheit hatte Vorrang. Also hieß es abwarten. Alle Segel waren gesetzt und sobald wie möglich würde das monatliche Tanzen für Alt und Jung stattfinden.

Siebzehn Monate Stillstand, dachte Luna. Ihr wurde klar, was für ein gutes Leben alle Menschen bisher gelebt hatten. Sie haderte mit dem neuen Alltag. Es hatte sich so viel verändert. Sie vermisste die kleine spontane Shoppingtour, die kleinen kulturellen Ereignisse, wie Vernissagen oder das Kaffeetrinken im kleinen engen Café. »Das Kleine« im Alltag blieb auf der Strecke und gerade »das Kleine« stärkte die Lebensfreude. Das Leben spielte sich für Luna vorwiegend im Kopf ab. Andererseits dachte sie auch daran, wie fantasievoll Menschen ihre Fähigkeiten nutzten, um sich den neuen Situationen anzupassen. Ihre brasilianische Nachbarin, Renita, war ein gutes Beispiel dafür. Immer wieder hatte sie in der Nachbarschaft kleine brasilianische Köstlichkeiten verteilt: Pao-de-queijo – ähnlich wie Käsemuffins. Inzwischen hatte sich dieses Gebäck so bewährt, dass Renita durch ihre Kontaktfreudigkeit eine kleine Abnehmergarantie von Marktbetreibern erwirken konnte. Nun konnte sie ihr kleines Gehalt als Helferin im Pflegeheim aufbessern. Die Wertschätzung, die sie nun erfuhr, war für sie jedoch viel wichtiger. Mit ihrem Verzicht auf Freizeit zeigte sie eine enorme Stärke, denn neben der anstrengenden Tätigkeit in der Pflege backte sie nun mit vollem Herzen für ihre dankbare Marktkundschaft.

Luna liebte Erfolgsgeschichten, die sie für eigene Vorhaben bestärkte. Ihr Ziel, in Vorträgen oder Schulungen auf das Vorhandensein von Resilienz bei jedem Menschen aufmerksam zu machen und in das Bewusstsein zu rufen, vertiefte sich immer mehr. Erste Kontakte waren geknüpft.

Damit reihte sich eine weitere Planung für die pandemiefreie Zeit ein. »Tanzen« und »Resilienz im Alltag« waren die Zauberworte.

Bei diesen Gedanken bekam sie Flügel und freute sich auf die Zukunft. Sie würde sich vorbereiten und so tun »als ob …«.

Aber was mache ich heute, dachte Luna. Dann hatte sie eine Idee. Eilig ging sie in die Küche und machte sich ans Werk. Sie hatte lange nichts von ihrem Nachbarn gehört und gesehen.

Zwei Stunden später stand sie vor seiner Tür und klingelte energisch. Herr Witzigmann öffnete und sah sie verwundert an, als sie ihm resolut eine Schüssel Kartoffelsalat in die Hand drückte. »Lassen Sie es sich schmecken, Herr Nachbar«, sagte sie lächelnd. Und als er ihr Lächeln zögernd erwiderte, fügte sie hinzu: »Vielleicht gehen wir zwei ja mal zusammen tanzen.«

# KrisenFest

MONIKA SCHOTSCH

Es schleichen Angst und Enge
einfach um mich herum.
Doch stärker als die Sorgen
ist diese Gier nach morgen!
Wann, wenn nicht jetzt
bin ich krisenfest?


# SiegesSicher

MONIKA SCHOTSCH

Die Gefühle?
Nicht mehr unter Kontrolle!
Schock und Chaos
übernehmen die Rolle.
Doch dann tanzt der Seelenfrieden
ganz sanft heran – und lässt mich siegen!

## Venus

### BEATRIX ERHARD

Ich schaue auf meine Hände. Klein sind sie und fest. Die Fingernägel kurz geschnitten und gepflegt. Na ja, zumindest ohne einen schwarzen Rand. Ich mag sie nicht, die langen Krallen, die viele meiner Kolleginnen züchten. Tadellos lackiert und mit Strasssteinchen besetzt. Zu viel Arbeit. Zu teuer im Unterhalt.

Ich schaue auf meine Füße. Auch sie sind klein und fest. Auch hier sind die Nägel unlackiert. Und ungeschnitten. Lange Reptilienkrallen, herausgewachsen und sich biegend. Ich kann mich einfach so schlecht bücken. Breite Fettwulste sind mir im Weg.

Ich schaue schnell wieder weg und fasse mit beiden Händen in meine Haare, auf die ich sehr stolz bin. Ich genieße es, die langen Strähnen durch meine Finger gleiten zu lassen. Ich nehme eine besonders dicke Strähne in den Mund. Sie schmeckt etwas seltsam, denn seit gestern trage ich eine knallrote Henna-Mähne. Wild und ungezähmt. Schon von

Weitem sollen die anderen sehen, was ich bin und immer war, wie ich inzwischen weiß. Eine Göttin.

Ich schließe die Augen und höre seine Stimme. »Halt still. Sonst kann ich mich nicht konzentrieren.« Tief und seidenweich streichelt sie mich, diese Stimme. Ich liebe es, wenn er spricht. Strahlend blau fixieren mich seine Augen, schweifen über meinen nackten Körper. Seine Art, mich zu liebkosen.

Ich öffne die Augen wieder und schaue ein weiteres Mal an mir herunter. Schaue auf meine Brüste. Zwei schwere, nutzlose Sandsäcke. Allerdings nur zu einem Drittel gefüllte Sandsäcke. Einer der Sandsäcke reicht bis zum Bauchnabel, der andere hängt bis zum Oberschenkel. Asymmetrische Brüste par excellence. Und nein, ich darf sie nicht mehr Sandsäcke nennen.

»Du wertest dich selbst ab. Du bist genau richtig, so wie du bist. Schön wie eine Göttin!« Das hat er gesagt, der mit den blauen Augen. Der Bildhauer.

Was für ein nobler Beruf. Anders als Regaleinräumerin. Das mache ich nämlich. Im Drogeriemarkt.

Bei uns kennt man seine Kunden. Manche besser, manche schlechter, manche vergisst man sofort wieder, sobald sie zur Tür hinausgehen. Andere dagegen, die vergisst man nicht nur nicht mehr, an die muss man ständig denken. So eine Person ist definitiv Téo Bantino. Als er das erste Mal in unseren Markt kam, das war ein Ereignis. Ein Bild von einem Mann. Davon konnte auch die FFP2-Maske nicht ablenken, die zwei Drittel seines Gesichts abdeckte. Ebenfalls

nicht ablenken von Téos Schönheit konnten die wilden Farb-
sprengsel auf der Maske. Mir war sofort klar: Der ist nicht
nur schön, der ist auch kreativ.

Meine aufgedonnerten Kolleginnen, die glauben, sie seien
Beauty-Queens, nur weil sie die zwei Regale mit Make-up,
Lippenstiften und Abschminkpads betreuen und sich gegen-
seitig bei der Gestaltung ihrer Fingernägel zu übertreffen
trachten. Ich muss mich beruhigen. Tief durchatmen. Aber
ist ja eh egal jetzt, ich habe es nicht mehr nötig zu lästern.
Jedenfalls scharwenzelten die beiden sofort diensteifrig um
Téo herum, von dem ich da noch gar nicht wusste, wie er
heißt und schon gar nichts von dem Akzent auf dem e. Téo
ist nämlich sein Künstlername. Téo Bantino. Eigentlich heißt
er Theodor Bantin.

Na ja, wer es braucht. Mein bürgerlicher Name tut nichts
zur Sache. Ich bin die Venus. So hat mich Téo getauft. Eine
Wiedergängerin der Venus von Milo, der makellosen griechi-
schen Marmorgöttin, die im Louvre in Paris von Touristen
aus aller Welt angebetet wird.

»Die Venus von Milo war die schönste Frau der Antike,
du bist die schönste Frau der Gegenwart.«

Widerspruch war sinnlos.

Téo kam also in den Drogeriemarkt, alle drehten sich nach
ihm um, doch er starrte wie vom Donner gerührt nur mich
an, die ich gerade damit beschäftigt war, Packungen mit
Damenbinden in ein Regal zu räumen. Ich schnaufte und
schwitzte, konnte meinen schweren Körper nur mühsam

bewegen. Die Maske war die Hölle für mich. Aber immer noch besser als Corona, schließlich bin ich Hochrisikogruppe. Außerdem tat mir alles weh – die tägliche Schmerzmitteldosis schien seit einiger Zeit völlig zu verpuffen. Meine Laune war denkbar schlecht. Téo bekam das zu spüren. Ich fuhr ihn an, warum er mich so anstarre, ob er eine Beratung zu Damenbinden brauche. Da sah ich hinter Téo den Filialleiter stehen, der mir einen finsteren Blick zuwarf. Er hielt uns zwar immer wieder motivierende Vorträge, wie systemrelevant wir alle hier seien. Aber ich wusste, der hat mich auf dem Kieker. Das war vor der Pandemie so, das blieb es während der Pandemie und nach der Pandemie würde es noch genauso sein. Ich riss mich zusammen, ich brauchte den Job. Eine der zahlreichen unbestreitbaren Tatsachen in meinem Leben, die meine Laune jeden Tag von neun bis achtzehn Uhr durchgehend schlecht sein ließ. Wobei sie auch in der übrigen Zeit nicht besser war. Die Welt hasste mich. Ich hasste die Welt zurück.

Ich kannte es nicht anders. Ich wollte es nicht anders.

Téo war völlig immun gegenüber meinem Welthass und schenkte mir ein strahlendes Lächeln. Er könne nicht anders, als mich unentwegt anzustarren. Er sei Künstler und ich sei die Venus, die er immer gesucht habe. Ob ich ihm Modell stehen könne. Zuerst habe ich ihn für verrückt erklärt. Wovon sprach dieser Typ überhaupt? Dann dachte ich, er wolle sich über mich lustig machen. Ich habe ihn zum Teufel geschickt.

Doch Téo kam jeden Tag mindestens dreimal in den Markt und bat mich inständig, ihm Modell zu sitzen. Dann machten auch noch die Kolleginnen Druck. Ich solle doch froh sein, dass sich überhaupt ein Mann für mich interessiere. Und dieser Mann wäre auch noch ein Adonis. Schließlich kam der Chef und sagte, ich solle diesem Durchgeknallten endlich zusagen, er könne den täglichen Aufruhr in der Damenbindenabteilung nicht gebrauchen. Das gab den Ausschlag, denn wie schon gesagt, ich brauchte den Einräumerjob. Außerdem stellte mir Téo eine Bezahlung in Aussicht. Er wolle mich am Verkaufserlös für das Kunstwerk beteiligen.

Die anfängliche Befürchtung, dass es sich bei dem Bildhauer um einen Perversling handeln könnte, nahm mir mein Chef ebenfalls.

»So wie du aussiehst, brauchst du dir deswegen keine Sorgen zu machen.«

Also gab ich ihm eines Tages endlich nach, denn Téo hatte begonnen, sich vor mir auf den Boden zu werfen und mich laut als seine wiedergeborene Göttin anzubeten. Ich ließ ihn schwören, dass er nie mehr zu mir in den Drogeriemarkt kommt und versprach ihm auch nur eine einzige Sitzung. Téo hatte Tränen in den Augen vor Freude und gelobte feierlich alles, was ich verlangte.

Also fand ich mich zum verabredeten Zeitpunkt in Téo Bantinos Atelier ein. Was für eine Enttäuschung! Ich hatte mir das Atelier eines bedeutenden Bildhauers vollkommen anders vorgestellt. Statt eines lichtdurchfluteten Raumes mit hohen Fenstern fand ich Téo in einer schmucklosen, leicht heruntergekommenen Baracke nahe der S-Bahn-Gleise. Ein fensterloses Loch mit Neonröhren als Beleuchtung. Das Umfeld im Atelier sei für die Entstehung von großer Kunst von keinerlei Bedeutung, allein auf das Modell komme es an, begrüßte mich Téo, der meine Skepsis bemerkte. Mit mir als Muse und Modell würden wir bald ganz groß herauskommen, da sei er sich sicher.

Die Stunde der Wahrheit nahte und umständlich entledigte ich mich meiner Kleider. Das dauerte – was ich Téo auch angekündigt und als Teil der bezahlten Arbeitszeit gefordert hatte. Das Absetzen meiner Maske stellte ich extra in Rechnung. Ich sah ein, dass eine FFP2-Maske bei einem Aktmodell keinen Sinn machen würde. Téo schwor mir, den Mindestabstand jederzeit einzuhalten.

An den Nähten meiner zeltartigen Klamotten hatte ich Klettverschlüsse angebracht, was das An- und Ausziehen enorm erleichterte. Aber trotzdem, es dauerte eben. Anstatt entsetzt das Weite zu suchen, wie ich es insgeheim gehofft hatte – das genaue Gegenteil. Téo wollte entweder die Peinlichkeit der Situation nicht bemerken, oder er bemerkte sie wirklich nicht. Jedenfalls redete er ohne Unterlass, erklärte mir wortreich, all dies sei Teil des künstlerischen Prozesses und er liebe es jetzt schon.

Téo wartete die halbe Stunde nicht ab, bis ich ganz ausgezogen war, er fing sofort an, den großen Tonklumpen zu bearbeiten, den er auf einen alten Barhocker gestellt hatte.

Deshalb verstrich der Moment der Wahrheit, als die letzte Hülle gefallen war. Denn diesen Moment gab es gar nicht. Téo strahlte mich entzückt an, noch mehr als zuvor. Er sei völlig begeistert, seine kühnsten Erwartungen seien übertroffen worden, er fühle sich als Hohepriester der Venus im Tempel der Kunst. Zudringlich wurde er nicht. Die Dose mit Pfefferspray, die ich mir sicherheitshalber unter die kleinere der beiden Brüste geklemmt hatte, um sie sofort griffbereit zu haben, blieb an Ort und Stelle. Der Mindestabstand von 1,50 Metern wurde von Téos Seite nie unterschritten.

Ich nahm Platz auf einem Sofa, das er extra für mich vom Sperrmüll geholt und mit einem abgewetzten Perserteppich-Imitat drapiert hatte. Eine große Kanne mit dampfend heißem, köstlichem Earl Grey Tee stand bereit. Voilà, Grande Dame!

Ich musste zugeben, langsam fing das alles an, mir zu gefallen.

Natürlich blieb es nicht bei einer Sitzung. Ganz im Gegenteil. Eine Sitzung folgte auf die andere, die Wochen gingen ins Land. Aus Sommer wurde Herbst, aus Herbst Winter.

Téo wurde und wurde nicht fertig mit seinem Werk. Jedes Mal, wenn ich zu ihm kam, fing er von vorne an. Ich sähe jedes Mal anders für ihn aus, noch schöner als zuvor. Mein Körper sei ein Kontinent der Details, ein unendlich faszinierenderes Perpetuum mobile des Fleisches. Ich verstand kaum etwas von dem, was er sagte. Was ich aber verstand, war, dass es mir von Sitzung zu Sitzung besser ging.

Zum ersten Mal in meinem Leben fühlte ich mich wohl in meiner Haut. Ich hatte immer öfters gute Laune, ein

Zustand, der mir ebenfalls ausnehmend gut gefiel. Eines Tage ertappte ich mich sogar dabei, wie ich meinen Chef anlächelte. Durch die Maske hindurch. Der wusste überhaupt nicht, wie er damit umgehen sollte. Was mir noch besser gefiel.

Ins Atelier brachte ich inzwischen einen Wasserkocher mit, um die acht Wärmflaschen zu befüllen, die ich um mich herum verteilte. Denn in der Baracke wurde es immer kälter. Téo war begeistert und integrierte in einen seiner Versuche sogar einige der Wärmflaschen, was sehr interessant aussah. Aber er kam wieder davon ab. Er wolle sich ausschließlich dem weiblichen Körper widmen. Mir, seiner Venus.

Ich bot ihm schließlich an, dass wir auch in dem Gartenhäuschen im Schrebergarten meiner Oma unsere Sitzungen abhalten könnten. Ich ertrüge sein hässliches Atelier einfach nicht länger, das sei ein zu arger Gegensatz zur Schönheit seiner Skulptur. Der Raum sei zwar um einiges kleiner, aber dafür gemütlicher und beheizbar.

Téo war zuerst überhaupt nicht begeistert. Ein Bildhauer, der im Gartenhäuschen der Oma seines Modells arbeitet, wie hörte sich das an? Doch ich ließ nicht locker. Das Argument, wenn ich mich erkälten würde, könne ich nicht mehr Modell für ihn sitzen, überzeugte ihn schließlich. Es klappte alles super und Téo zog erstaunlich schnell komplett ins Gartenhäuschen ein.

Er arbeitete inzwischen Tag und Nacht an der Skulptur, wurde immer besessener. Aber jedes Mal, wenn ich kam, um Modell zu sitzen, inzwischen täglich, lag auf dem alten Barhocker wieder ein großer Quader Ton, sorgfältig an allen Seiten geglättet. Aufs Neue bereit für meine wundervollen Formen, wie Téo sagte. Er habe die Skulptur zerstören müssen, weil er wieder damit nicht zufrieden war. Das habe er mit Leonardo da Vinci gemeinsam, der ebenfalls seine Kunstwerke nicht beenden konnte in seinem Perfektionismus.

Ich war natürlich beeindruckt. Ich genoss es, Modell zu sitzen, Téos begeisterten Blicken und Kommentaren ausgesetzt zu sein. Aber langsam begann ich, mir Sorgen um ihn zu machen. War das noch normal? Téo war der einzige Künstler, den ich kannte. Dieser weltberühmte Leonardo, von dem er ständig erzählte, schien noch abgedrehter zu sein als Téo. Nun, von Leonardo hingen Gemälde im Louvre, deshalb hat er wohl einiges richtig gemacht. Das musste ich natürlich zugeben.

Was mich am meisten beunruhigte: Es begannen Zweifel an mir zu nagen. Fand mich Téo doch nicht so strahlend schön, wie er immer behauptete, und zerstörte er deshalb jeden Tag mein Abbild? Meine Laune wurde jeden Tag schlechter.

Téo sagte ich nichts von meinen Zweifeln, aber er bekam irgendwann natürlich mit, dass etwas nicht stimmte.

»Meine Liebe, du hast abgenommen. Eine Katastrophe! Bitte höre unbedingt damit auf.«

Diese Aufmerksamkeit mir gegenüber hat mich natürlich gefreut und mich auch wieder beruhigt.

Ich war Venus und er betete mich an. Die Statue würde ein großes Kunstwerk werden. Wenn sie denn endlich fertig werden würde.

Ich hatte mir alles sehr nett ausgedacht und wie immer nach der Sitzung eine Kanne mit frischem Earl Grey für Téo zubereitet. Schön heiß, intensiv duftend, mit viel Zitrone und noch mehr Zucker, so wie er es liebt. Aber heute mit einer kleinen Zugabe. Téo nahm – ebenfalls wie immer – nichts mehr um sich herum wahr. Er war völlig vertieft darin, seinem Tagwerk den letzten Schliff zu geben und nippte nebenher an der Teetasse. »Morgen wirst du endlich fertig sein«, sagte ich ihm noch zum Abschied.

Er nickte nur geistesabwesend und modellierte weiter.

Ich denke, es war ganz in Téo Bantinos Sinne, dass ich ihn ins Jenseits beförderte. Ich wunderte mich längst, dass er nicht selbst darauf gekommen war. »Endlich fertig!« Das würde sein letzter Gedanke sein. Was für eine Erlösung.

Ich sehe auch schon die Schlagzeilen vor mir. »Modell ermordet Bildhauer!« Seinem Meisterwerk wird so die gebührende Aufmerksamkeit zuteil. Ich werde meinen Mord-Prozess als Bühne nutzen, um für dieses einzigartige Kunstwerk Werbung zu machen.

Venus wird aus dem Gartenhäuschen meiner Oma ihren Weg in die großen Museen der Welt finden. Auch in den Louvre, davon bin ich überzeugt. Ganz so, wie Téo es geplant hatte.

Als ich die Tür des Gartenhäuschens hinter mir zuzog, hatte ich doch einen leichten Anflug schlechten Gewissens.

Téo würde keinen schönen Tod haben heute Nacht, aber es sollte wenigstens schnell gehen. Denn die kleine Zugabe im Tee waren drei Teelöffel E605 aus Omas Insektizid-Fundus.

Aber wir alle müssen Opfer bringen für die Kunst. Ich habe mir wochenlang den Allerwertesten abgefroren für das große Werk. Mein ewiger Ruhm muss gesichert werden, alles andere kann mir egal sein. Denn ich bin Venus.

Unsterblich schön.

## Besuchsverbot

MARTINA UHL

Zärtlich strich er über den grauen Bezug des Sofas neben sich, spürte jede Faser des grob gewebten Stoffes an seinen Fingerkuppen, die Kuhle, die sie im Polster hinterlassen hatte. Es war immer ihr Platz gewesen und er hatte neben ihr gesessen. Abend für Abend. Woche für Woche. Jahr für Jahr. Sie hatten sich verändert über die Zeit, die blonden Haare waren grau geworden, die Haut faltig und die Knochen schwer und müde. Und dann … dann hatte er es nicht mehr geschafft, er hatte aufgeben müssen, sich eingestehen, dass seine Kräfte nicht mehr ausreichten für das, was er sich selbst und ihr versprochen hatte. Seine Hand krallte sich in das Polster, fand keinen Halt in dem gespannten Stoff des Sofas. Schließlich löste er die Hand von ihrem Platz und wischte sich die Tränen aus dem Gesicht. Ihr Platz war leer und sie würde nie wieder neben ihm auf dem Sofa sitzen.

Aber morgen würde er sie wieder sehen. Wenigstens dieses kleine Stück Leben, dieses kleine Quäntchen Glück war ihnen geblieben. Sein täglicher Besuch im Pflegeheim war der Sinn seines Lebens geworden und die einzige Freude, die er ihr noch machen konnte. Ein paar liebe Worte, eine Berührung, ein Spaziergang mit ihr im Rollstuhl und ein paar Sonnenstrahlen auf der Haut zusammen genießen. So klein war ihr gemeinsames Glück geworden, aber es war da – in guten wie in schlechten Zeiten. Wer weiß, wie viel Zeit sie noch zusammen haben würden. Er seufzte, stand schwerfällig auf und begab sich ins Schlafzimmer. Es würde eine weitere einsame Nacht werden. Doch auf die Nacht folgte der Tag und da konnte er sie wiedersehen.

»Die Lage ist sehr ernst. Das SARS-CoV-2-Virus wird sich mit exponentiellem Wachstum auch bei uns in Deutschland verbreiten. Das wird unser Gesundheitssystem vor nie dagewesene Herausforderungen stellen«, erklang es aus dem Radio in der Küche.

Was diese Politiker immer zu sagen hatten … man könnte gerade meinen, die hätten die Weisheit mit Löffeln gefressen.

Er stellte die Butter auf den Küchentisch und schaute nach, ob er Marmelade im Kühlschrank hatte. Es war keine mehr da.

Das wäre nicht passiert, wenn Margret noch zu Hause gewesen wäre, dachte er. Er kaufte nur noch das ein, was er unbedingt brauchte. Allein machten ihm die Mahlzeiten keine Freude mehr und das teure Pflegehcim musste ja schließlich bezahlt werden.

»Es gilt unter allen Umständen die vulnerablen Gruppen, vor allem die Senioren, vor einer Erkrankung zu schützen.« Die Stimmen im Radio diskutierten weiter.

Er setzte sich an den Tisch und strich Butter aufs Brot. Als Kinder hatten sie den Krieg erlebt. Das war schlimm gewesen. Zu seiner Tochter sagte er oft, wenn es nur keinen Krieg mehr gibt, dann ist alles gut.

Jetzt haben wir so viel zusammen durchgemacht, da werden wir so ein Virus auch noch schaffen, wir haben ja uns und das ist das Wichtigste, dachte er.

»… Das Leben ist das höchste Gut und wir werden alles tun, was notwendig ist, um das Leben unserer Bürger zu retten …«

Mit einem entschlossenen Griff schaltete er das Radio aus. Das war doch sowieso immer dieselbe Wichtigtuerei von diesen Politikern. Er musste jetzt überlegen, was er Margret heute ins Pflegeheim mitbringen sollte. Das Gedichtbuch würde er auf jeden Fall mitnehmen. Wenn er ihr einen Gedichtanfang vorlas und sie ihn auswendig vervollständigte, war es fast wie früher und es fühlte sich an wie vor der Zeit, als in ihrem Kopf die Welt eine andere war. Und eine rote Rose würde er ihr kaufen. Als Erinnerung an früher. Das zauberte ihr ein Strahlen ins Gesicht.

Mit der Rose in der Hand betrat er am Nachmittag das Pflegeheim.

»Herr Fuchs, Herr Fuchs, warten Sie.« Die Assistentin der Heimleitung kam aufgeregt aus ihrem Büro. Hoffentlich wollte sie nicht wieder irgendwelche Unterlagen von ihm. Das war so kompliziert, dass er es ohne die Hilfe seiner Tochter nicht mehr schaffen konnte.

»Herr Fuchs, Sie dürfen nicht mehr rein. Haben Sie denn nicht gehört, dass wir ein Besuchsverbot für Pflegeheime haben? Wir müssen die Bewohner vor einer Ansteckung schützen.«

»Ich will nur meine Frau besuchen.«

»Das geht jetzt leider nicht mehr. Wir haben die Anordnung, keine Besucher mehr reinzulassen. Sie wollen doch auch nicht, dass Ihre Frau stirbt.«

Verwirrt sah er die Assistentin an. »Nein, natürlich nicht. Aber sie wartet auf mich. Sie hat keine Freude mehr außer meinen Besuchen. Schauen Sie hier, die Rose …«

Er hielt ihr die Rose hin. Seine Hand zitterte.

»Das geht leider auch nicht. Ich darf keine Geschenke auf die Station hochbringen. Das Risiko, dass sich dadurch die Bewohner infizieren könnten, ist einfach zu hoch. Diese Krankheit ist für unsere Bewohner mit hoher Wahrscheinlichkeit tödlich. Gehen Sie jetzt bitte nach Hause.«

Mit diesen Worten drehte sie sich um und ging in ihr Büro zurück.


Er wusste nicht, wie er nach Hause gekommen war. Wie in Trance war er durch den Ort gelaufen, die Rose war ihm irgendwo aus der zitternden Hand gefallen, das Gedichtbuch auf irgendeiner Parkbank vergessen worden. Er durfte seine

Frau nicht sehen – nach über fünfzig Jahren Ehe wurde ihm gesagt, dass er seiner Frau den Tod bringen würde, wenn er bei ihr sein würde. Die Pflegerinnen kamen und gingen doch auch jeden Tag. Waren sie denn keine Gefahr?

Als er schließlich zu Hause angekommen war und sich einigermaßen gefangen hatte, rief er im Pflegeheim an. Er wollte seiner Margret erklären, warum er nicht kommen konnte, dass nicht er sie im Stich gelassen hätte, sondern dass sie ein Gesetz gemacht hätten, dass es ihm verbot. Ein Gesetz, das sie zur Gefangenen machte, das ihr das letzte Bisschen Selbstbestimmung nahm – zu ihrem Schutz.

»Hallo? Hallo?«, hörte er sie sagen, als er die Pflegerinnen überredet hatte, seiner Frau das Telefon zu geben. »Das war gerade mein Mann. Wo ist er? Warum kommt er nicht?«

»Margret, es tut mir so leid, aber ich darf nicht kommen. Ich könnte dich krank machen und deshalb lassen sie mich nicht mehr ins Pflegeheim rein.«

»Hallo? Hallo? Ich höre nichts mehr. Wo ist mein Mann? Ich will zu meinem Peter.«

Sie wusste nicht mehr, dass man den Telefonhörer ans Ohr halten musste, das war ihrem löchrigen Geist entfallen, und die Pflegerin war vermutlich inzwischen zu einer anderen Bewohnerin geeilt. Nach ein paar weiteren Versuchen, seiner Frau lautstark klarzumachen, dass sie den Hörer ans Ohr halten sollte, gab er auf.

Das war der Anfang einer unzählbaren Reihe an grauen Tagen. Er hatte kaum eine Möglichkeit, mit seiner Frau in

Verbindung zu treten. Wenn eine Pflegerin so freundlich war, ihr das Telefon zu bringen und sogar auf Lautsprecher zu stellen, antwortete sie am Anfang nur einsilbig und irgendwann gar nicht mehr.

Alle Versuche, irgendwie Kontakt mit seiner Margret aufzunehmen, scheiterten. Telefonieren ging nicht, ein versprochenes Video-Telefonat kam wochenlang nicht zustande. Die Bitte, seiner Frau wenigstens durch ein Fenster zuwinken zu dürfen, wurde abgelehnt.

»Sie wissen doch, das Virus ist gefährlich. Wir können Ihre Frau nicht ins Erdgeschoss zu einem Fenster bringen, da die Bewohner ihre Station nicht verlassen und den Aufzug nicht benutzen dürfen. Es darf kein Fremder mehr herein, nicht einmal Physiotherapeuten.«

Ein Fremder, das war er jetzt also für seine Margret. Ein Fremder, der seine Frau in Gefahr bringen wollte.

So ging er jeden Tag allein spazieren, am Pflegeheim hielt er an und schaute sehnsuchtsvoll auf die Lichter in den Fenstern im zweiten Stock. Irgendwo dahinter saß ein paar Meter entfernt seine Frau und war doch Lichtjahre weit weg. Als wäre sie in einer anderen Welt, als wäre sie für ihn schon gestorben.

An seinem achtzigsten Geburtstag konnte seine Tochter für ihn eine Ausnahme erreichen. Seine Margret sollte auf den Balkon ihrer Station im zweiten Stock gefahren werden und er sollte sie sehen dürfen. Quasi als Geburtstagsgeschenk vom

Pflegeheim. Mit seiner Tochter stand er zur vereinbarten Zeit auf der Straße vor dem Balkon des Pflegeheims und seine Margret wurde in ihre Daunenjacke gehüllt auf den Balkon gefahren. Sie war da. Es gab sie wirklich noch. Ihre Brille war schief und sie schien einen verwirrten Blick zu haben. Aber vielleicht täuschte er sich auch, er konnte sie fast nicht erkennen, so weit war sie entfernt. Die Pflegerinnen hielten ihr das Telefon hin und er sprach von der Straße aus mit ihr. Sie antwortete sogar. Ein vorbeifahrender Lastwagen ließ ihn nicht verstehen, was sie sagte. Jetzt war eine Lücke im Verkehr. Würde sie mit ihm sprechen? Da, jetzt hörte er ihre Stimme.

»Was machen wir hier? Mir ist kalt. Ich will rein.«

Dann erklang die Stimme der Pflegerin. »Da unten ist ihr Mann, er hat Geburtstag. Winken Sie ihm doch einmal zu.«

»Da ist niemand und ich habe keinen Mann. Ich will rein.«

Die Pflegerinnen zuckten mit den Schultern, winkten noch einmal herunter und fuhren den Rollstuhl wieder hinein, hinter die Fenster, auf denen sich die Bäume am Straßenrand spiegelten. Er hatte die Bäume vor dem Zimmer seiner Frau immer schön gefunden. Jetzt kamen ihm die Zweige, die sich in den Fenstern spiegelten, vor wie Gitterstäbe.

Stumm rannen ihm die Tränen die Wangen herunter. Er sagte zu seiner Tochter: »Wenn das das Leben ist, will ich lieber sterben.«

Einige Wochen später stand er wieder vor dem Pflegeheim. Heute war es anders, heute durfte er nach zehn qualvollen

Wochen seine Frau wieder besuchen. Seit er gehört hatte, dass Besuche wieder möglich werden würden, fieberte er auf diesen Augenblick hin. Ob sie sich so sehr freuen würde wie er? Ob sie ihn wohl sehr vermisst hatte? Er zog die Schutzkleidung an, die die Pflegerin am Eingang ihm gab. Bei dem weißen Kittel aus dünnem Plastik musste die Pflegerin ihm helfen und auch bei der Haube brauchte er Unterstützung. Dann musste er noch ein Plastikvisir über die Maske ziehen und durfte zu ihr.

Die Pflegerin führte ihn in den Innenhof des Heims und da saß sie hinter einer Glaswand schief in ihrem Rollstuhl und starrte vor sich hin.

»Hallo, Margret, meine Liebe. So schön, dich wiederzusehen.«

Seine Frau starrte weiter vor sich hin und zupfte mit den gichtgeplagten Fingern an den Ärmeln ihrer Jacke.

»So lang haben wir uns nicht sehen dürfen, aber jetzt bin ich wieder da.«

Erwartungsvoll schaute er sie an. Immer noch keine Reaktion.

»Mein Margretchen, schau mich an, ich bin's, der Peter.«

Ihr Blick ging ins Leere.

Da stand er auf und wollte an der Glaswand vorbei ihre Hand berühren. Sofort stand die Pflegerin, die zur Aufsicht des Besuchs nicht weit entfernt saß, neben ihm und verbot es ihm.

»Ich will nur ihre Hand nehmen. Sehen Sie nicht, dass sie gar nicht begreift, dass ich da bin?«

»Tut mir leid, so sind die Regeln. Das Virus ist gefährlich. Sie wollen doch nicht, dass Ihre Frau sich ansteckt und stirbt. Sie sind einer der ersten Besucher, die überhaupt zu uns hereindürfen. Die Krankengymnastik und Ergotherapie dürfen zum Beispiel gar nicht wieder kommen.«

Er zog seine Hand zurück und setzte sich. Seine Frau blickte weiter ins Nichts und sank noch etwas schräger in ihrem Rollstuhl zusammen. Er erzählte ihr vom Warten auf das Wiedersehen, von seinem Leben, von ihren gemeinsamen vergangenen Jahren und hoffte auf ein Aufblitzen ihren Augen, auf die kleinste Reaktion. Aber da war – nichts.

Nur Leere in den Augen und ein zusammengesunkener Körper. Als die Besuchszeit abgelaufen war, verließ er weinend das Pflegeheim.


Am Abend saß er wieder auf dem Sofa, der leere Platz neben ihm schien heute noch mehr zu schmerzen als sonst. Er sah sich die Nachrichten im Fernsehen an. Wie ständig war die Corona-Pandemie das beherrschende Thema. Er saß im Geiste immer noch auf dem Stuhl im Pflegeheim, gefangen hinter der Glaswand, die ihn von seiner Frau trennte, als wäre sie in einer anderen Welt. Von den Worten der Politiker, die im Fernsehen zu hören waren, drangen nur einzelne Worte zu ihm durch.

»Wir werden uns viel zu verzeihen haben … Ich habe mich für den Schutz des Lebens entschieden … wir haben das Beste für die Menschen getan …«

Sein Blick wurde starr. Die Hand schlug mit aller Kraft auf das leere Polster neben sich.

»Das Betretungsverbot in den Pflegeheimen hat viele Leben gerettet«, klang es aus dem Fernseher.

Ihr Körper war noch da, sie selbst war gefangen in einer anderen Welt.

»Ihr habt mit euren Entscheidungen die Hülle gerettet, aber das Leben getötet. Bleibt die Hoffnung auf das Jenseits«, murmelte er. Dann schaltete er den Fernseher aus.

# Ein Sack Reis
*Kurzhörspiel*

JÜRGEN SEIBOLD

Die Pandemie(n) und ihre Folgen – ein Blick zurück aus naher Zukunft.

Sprechrollen:        Autorin

Freund

Serviceroboter (Sprachausgabe)

Handy (Sprachausgabe)

### 1. AUSSEN. INNENSTADT – TAG

Ein sonniger Frühsommernachmittag, einige Jahre in der Zukunft. Eine Autorin sitzt im Freien an einem Cafétisch und tippt auf ihrem Laptop. Schritte nähern sich, ein Freund tritt an den Tisch.

**Freund**        Grüß dich. Darf ich?

**Autorin**        Ja, klar. Schön dich zu sehen.

Der Freund setzt sich und schaut der Autorin zu. Sie tippt weiter. Ein Serviceroboter nähert sich mit dem Geräusch eines E-Motors.

| | |
|---|---|
| **Serviceroboter** | Was darf ich Ihnen – |
| **Freund** | Cappuccino. |

Die Bestellung stoppt die Sprachausgabe des Roboters mitten im Satz.

| | |
|---|---|
| **Serviceroboter** | Kommt sofort. |

Der Serviceroboter entfernt sich.

| | |
|---|---|
| **Freund** | Was schreibst du da? |
| **Autorin** | Eine Kurzgeschichte, ich bin aber noch nicht besonders weit. |
| **Freund** | Lass mal lesen. |

Die Autorin schiebt dem Freund das Laptop hin. Er liest halblaut, wie für sich selbst.

| | |
|---|---|
| **Freund** | »Genau genommen geschah an diesem sonnigen Novembernachmittag nicht viel. In der Provinz Hubei in China fiel ein Sack Reis um. Er traf im Fallen den rechten Ellbogen eines jungen Mannes namens Xue, der |

gerade das Fleisch eines Marderhundes in kleine Stücke schnitt, und landete auf dem Fell desselben Tiers, das Xue zum Trocknen vor sich ausgelegt hatte. Feiner Staub stieg vom Fell auf, aber Xue hatte nur Augen für die klaffende Wunde, die er sich wegen des gegen seinen Arm fallenden Sacks mit dem Messer an der linken Hand zugefügt hatte. Der stechende Schmerz ließ ihn die Luft zischend einatmen …« (kurze Pause)

Sag mal, wird das eine Geschichte über Corona?

**Autorin**     Ja, ich wollte szenisch einsteigen, und dann an einem Einzelschicksal nachzeichnen, wie sich das über die Jahre entwickelt hat. Weißt du, ich –

**Freund**     Mal ehrlich: Das will doch keiner lesen! Gerade nach der Zeit, die wir endlich hinter uns haben.

**Autorin**     Na ja, hinter uns haben … Sieh dich doch mal um - es ist alles anders geworden. Dieses Virus hat keinen

Stein auf dem anderen gelassen, Corona hat unser komplettes Leben auf links gedreht.

| | |
|---|---|
| **Freund** | Okay, es hat sich einiges verändert, aber hat es sich wirklich verschlechtert? Schau mal: Was hast du früher gejammert, weil im Kino der Riese mit der Afromähne ausgerechnet den Sitz genau vor dir hatte. Oder diese Konzerte, in denen du von schwitzenden, schubsenden Typen umgeben warst, die dir womöglich noch an den Hintern gefasst haben, wenn das Saallicht ausging. Vermisst du das wirklich? |
| **Autorin** | Das nicht, aber … alles immer nur noch vor dem Bildschirm … Das ist irgendwie … nicht echt, findest du nicht auch? |
| **Freund** | Kauf dir halt eine bessere Anlage. Oder nimm das Reisen. Weißt du noch, als dieser große Veranstalter pleiteging und die Leute Angst haben mussten, ob sie ihr Geld wieder bekommen? |

Der Serviceroboter kommt zurück.

**Serviceroboter**    Bitteschön, Ihr Cappuccino.

Der Freund nimmt das Getränk vom Tablett.

**Serviceroboter**    Elf Mark fünfzig, bitte.

Der Freund zückt die Geldkarte, legt sie auf das Display des Serviceroboters. Ein Signalton bestätigt die Zahlung.

**Serviceroboter**    Danke!

Der Serviceroboter entfernt sich.

**Freund**    Wo war ich?

**Autorin**    Der Reiseveranstalter, der pleiteging.

**Freund**    Genau. Und heute machen die Fluglinien alles selbst, sind Reisebüro und Veranstalter in einem, du bekommst alles aus einer Hand – und wenn die Fluglinie in finanzielle Schwierigkeiten gerät, steht der Staat für die Airline gerade. Too big to fail, wie es so schön heißt.

| | |
|---|---|
| **Autorin** | Dafür sind die Preise rauf. |
| **Freund** | Na gut, alles kannst du nicht haben. Aber ich wollte dir ja nur vor Augen führen, dass es gar nicht so schlimm gekommen ist, wie alle befürchtet haben. |
| **Autorin** | Sag das mal Benny. |
| **Freund** | Ach, der ist ganz zufrieden mit der Arbeit auf dem Bau. Tourneen als Gitarrist waren auch nicht immer das reine Zuckerschlecken. |
| **Autorin** | Und Donna? |
| **Freund** | Im Callcenter der Airline hat sie es allemal gemütlicher als auf der zugigen Bühne im Schauspielhaus. |
| **Autorin** (sarkastisch) | Und vermutlich ist auch Alex froh, dass er keine schweren Boxen mehr schleppen muss, sondern im Supermarkt Regale einräumen darf. |
| **Freund** | Siehst du. Alles nicht so schlimm, sag ich doch. |

| | |
|---|---|
| **Autorin** | Fehlt dir denn gar nichts? Das Einkaufen zum Beispiel? |
| **Freund** | Ich war nie der Typ, der sich gerne am Samstag in der Innenstadt durch die Massen schiebt. Und jetzt schicke ich meinem lokalen Händler die Bestellung und bekomme sie nach Hause geliefert. Oder ich kann sie nach ein paar Stunden abholen, wenn mir das lieber ist, mit den Öffentlichen oder, wenn es unbedingt sein muss, auch mit einem Auto. Dort draußen, wo die Abholstationen stehen, gibt es ja genug Parkplätze. |
| **Autorin** | Ich würde gern mal wieder von Laden zu Laden schlendern, hier was kaufen und dort was Unerwartetes finden. Und dazwischen einen Kaffee … |
| **Freund** | Ich schlendere lieber im Sitzen und klicke an, was ich haben möchte. Und schau, für die Einzelhändler ist es doch auch besser: Die sparen sich die teuren Ladenmieten in der City, weil sie über den Onlineshop überall |

präsent sind. Die meisten haben an ihren alten Schaufenstern den QR-Code mit dem Link zum Shop hinterlassen. Jetzt brauchen sie nur noch ein Lager, und das kann sonst wo stehen, wo die Fläche kaum was kostet.

**Autorin**

Ja, schon, aber …

**Freund**

… und den Innenstädten hat es auch gutgetan. Drei von vier Parkhäusern wurden abgerissen, die meisten Autos kommen nur noch bis an den Stadtrand. Hier an dieser Straße hättest du früher nicht sitzen wollen. Die Büros haben die Ladenflächen im Erdgeschoss übernommen, haben sich auf Laufkundschaft eingestellt, wo es das Geschäftsmodell zugelassen hat. Und oben ist Wohnraum freigeworden.

**Autorin**

Ich weiß schon, worauf du hinauswillst. Die Wohnungsmieten sind günstiger geworden.

| | |
|---|---|
| **Freund** | Ja, viel günstiger. Okay, das hatte auch mit den Arbeitsplätzen in der Autoindustrie zu tun, die es heute nicht mehr gibt. Oder mit der Möglichkeit, seinen Bürojob jetzt von daheim aus zu erledigen. Aber es stimmt doch: Wo früher unten die Läden waren und darüber nur Büros, wo früher nachts alles öde war, leben jetzt wieder Menschen, wohnen, gehen abends raus und kommen zusammen. |
| **Autorin** | Mit Abstand. |
| **Freund** | Ja, und? Damit kann ich leben, aber ... |

Ein Klingelton ist zu hören, das auf dem Tisch liegende Handy des Freundes vibriert.

| | |
|---|---|
| **Handy** | Zehn Minuten Kontakt. |
| **Freund** | Mensch, wie die Zeit vergeht! Na ja, fünf haben wir noch. |

Er trinkt einen Schluck Kaffee, stellt die Tasse zurück auf die Untertasse.

| | |
|---|---|
| **Freund** | Was haben die nicht alles befürchtet, als uns Corona im Griff hatte. Massenarbeitslosigkeit, reihenweise Firmenpleiten – pfff! |
| **Autorin** | Es sind doch auch viele Firmen pleite gegangen! |
| **Freund** | Mein Gott, ja, aber viele andere haben aufgemacht oder haben sich vergrößert. (lacht) Allein die Paketdienste brauchten mehr neue Leute, als alle Shishabars zusammen je beschäftigt hatten. |

Kurzes Schweigen zwischen den beiden. Im Hintergrund sind Geräusche zu hören: Radfahrer, Passanten, der Serviceroboter, der sich zu anderen Gästen bewegt, und dann wieder der Klingelton und das Vibrieren des Handys.

| | |
|---|---|
| **Handy** | Elf Minuten Kontakt. |
| **Autorin** | Übrigens finde ich nicht, dass wir diese Zeit hinter uns haben, wie du vorhin gesagt hast. |
| **Freund** (abwesend) | Was? |

| | |
|---|---|
| **Autorin** | Du hast vorhin gesagt, die Zeit der Pandemie sei vorbei. Das sehe ich anders. |
| **Freund** | Na, hör mal, es gibt Impfstoffe, es gibt Medikamente, die den Verlauf der Krankheit mildern. Die Leute tragen ihre Gesichtsmasken nur noch freiwillig, und die ganze Umarmerei und Händeschüttelei mochte ich eh noch nie. Natürlich haben wir diese Zeit hinter uns! |
| **Autorin** | Und gleichzeitig haben wir sie vielleicht auch schon wieder vor uns. |
| **Freund** | Wie meinst du das denn? Lass doch die nächste Welle kommen, kein Problem, das ist inzwischen wirklich nicht mehr schlimmer als eine Grippe. Das hast du doch schon gesehen, als COVID-22 und -23 kaum mehr Schaden angerichtet haben. |
| **Autorin** | Corona macht mir keine Sorgen mehr … |

| | |
|---|---|
| **Freund** | Na also. |
| **Autorin** | Aber was, wenn uns die nächste Pandemie mit einem ganz anderen Erreger überrollt? |
| **Freund** | Was denn jetzt wieder für ein Erreger? |

Wieder ertönen der Klingelton und das Vibrieren des Handys.

| | |
|---|---|
| **Handy** | Zwölf Minuten Kontakt. |
| **Autorin** | Schau hier, zum Beispiel. |

Die Autorin tippt auf dem Laptop und zeigt dem Freund auf dem Display Zeitungsberichte. Der liest wieder halblaut.

| | |
|---|---|
| **Freund** | »Ebola-Tote in Sierra Leone und Guinea.« – »Neuer Ausbruch des Marburg-Virus in Uganda.« – »Lepra-Epidemie fordert Tausende Tote in Indien.« |
| **Autorin** | Und das sind nur ein paar Beispiele aus den vergangenen drei Monaten. Außerdem gibt es Hinweise darauf, wie sich die in Nordbolivien tot auf- |

gefundene Großfamilie diesen neuen Erreger eingefangen hat.

Freund

Ach Gott, das ist doch alles so weit weg.

Autorin

War Corona auch mal.

Freund

Hey, Sierra Leone, Uganda, Indien, Bolivien … wenn es dort ein paar Tote gibt, dann … Ich weiß, das klingt jetzt zynisch, aber wen interessiert das hier bei uns?

Autorin

Du meinst, das juckt niemanden?

Freund

Ja, genau, das ist schlimm und alles, aber wir haben hier genug andere Probleme. Und wenn in Asien oder Afrika eine Krankheit wütet … meine Güte, dann regt das die Leute hier nicht mehr auf, als wenn … als wenn …

Autorin

… als wenn in China ein Sack Reis umfällt?

**Freund**          Genau so!

**Autorin**          Eben.

## Der Gipfel

CIHAN AZAK

Er schnitt die Kurve wie ein blutgetränkter Pfeil, der sein Ziel bereits vor langer Zeit getroffen hatte. Mit dem Groll monatelanger Handlungsstarre im Leib trat er das Gaspedal weit in den Boden seines 911er Cabriolets. Der Motor röhrte, tat einen lauten Knall und gellende 130 km/h zersprengten die Schwüle des Nachmittags, der regenschwanger über dem Tal hing. Ungebremst schoss der brandrote Porsche die Serpentinen empor.

Max blickte zornig durch die Frontscheibe, einem Weg entgegen, den er gehofft hatte, nie wieder nehmen zu müssen. Alles wegen dieses kleinen quaderförmigen Kartons, der mit der Selbstverständlichkeit aller leblosen Dinge im Beifahrersitz lag. Es war eine einsame Straße, die zum Gipfel führte. Und er kannte jede einzelne Kurve. Die gemeinsame Fahrt über den brüchigen Gebirgspass zum Berg war ein festes Ritual seiner Kindheit gewesen, das sich Jahr für Jahr zu seinem Geburtstag wiederholt hatte. Nach dem Grund zu fragen, hatte Max sich nie getraut. Sein Vater, der noch weniger Worte kannte als liebevolle Gefühlsregungen, hätte es ihm sowieso verschwiegen. Und da es, soweit er sich erinnern konnte, keine Mutter oder Geschwister gab, sondern immer nur seinen Vater und ihn, hätte ihm auch sonst niemand eine Antwort geben können.

Als Kind war ihm die Straße immer lebendig vorgekommen. Wie eine asphaltgraue Giftnatter, die sich bereits vor Urzeiten in die Landschaft gefressen hatte und sich unaufhaltsam zum Berggipfel emporwand. Er konnte nicht glauben, dass sein Vater ihn nun dazu brachte, diesen verhassten Weg ein weiteres Mal zu fahren.

Es war Ende Juni und noch immer mussten die Clubs geschlossen bleiben. Und so war ihm schließlich keine Ausrede mehr eingefallen, das Päckchen nicht endlich abzuliefern. Diese Reise würde das Letzte sein, was Max für seinen Vater tat. Sobald er das unscheinbare Paket an sein Ziel gebracht hätte, würde ihr qualvolles Unverhältnis endlich enden.

Die Straße schien sich außer ihrem fortschreitenden Verfall nicht verändert zu haben. Im Gegensatz zu Max. Er war mittlerweile ein gestandener Mann. Und musste sich nicht länger vor dem sonoren, zigarettenbelegten Bariton seines Vaters fürchten, der in seiner Kindheit in jeden Winkel des Wagens und seines jungen Wesens drang. Ihm in grausamen Details erzählte, welche Schicksale sich hier oben zugetragen hatten, auf diesem tückischen Gebirgspass. Max war zehnmal so viel Mann wie der Vater, der seine Kindheit im

Kohle- und Schweißdunst ihres winzigen Mietlochs erstickt hatte. Sie in einen aschgrauen Schwarzweißfilm verwandelt hatte, dessen allmähliches Verblassen Max für einen Segen des Himmels hielt. Und dennoch konnte er sich der Eigenartigkeit dieser Situation nicht gänzlich erwehren, in der er sich wieder fühlte wie als Kind.

Die Straße wurde rauer und die Schlaglöcher zahlreicher. Max drosselte das Tempo. Er schaltete das Radio ein und suchte. Irgendeinen mörderischen Beat, um diese schwarzen Gedanken zu töten. Doch der Sendersuchlauf blieb immer zwischen zwei Frequenzen hängen. Und so schaltete er das Radio schließlich entnervt wieder aus. Er blickte auf die Uhr. Fünf nach zwölf. Noch vor wenigen Monaten hätte er um diese Zeit, nach viel zu wenig Schlaf, längst wieder begonnen, den Siff der letzten Nacht abzuwaschen. Von seinem Körper und dem Climaxxx, das im Tageslicht nichts von der Eleganz aufwies, die der Neon-Schriftzug über den Umriss eines einsamen Berggipfels nachts versprach. Der Club war sein Lebensinhalt und durch den Lockdown schwer in Notlage geraten. Er kostete ihn täglich eine vier- bis fünfstellige Summe.

Das Handy klingelte. Max ging ran und klemmte es sich zwischen Schulter und Ohr.

»Julie?«

»Posner hat sich wieder gemeldet. Er hat sein Angebot auf 865.000 erhöht. Ich kann ihn sicher noch auf eine Million raufhandeln.«

»Du kennst meine Antwort«, sagte er in seinem leisesten, noch freundlichen Tonfall.

»Wir können nicht länger einfach alles ignorieren. Keiner weiß, wie lange dieser Irrsinn noch geht, und wir haben bald kein …«

Er wusste genau, was sie auszusprechen vermied.

»Wir bekommen das schon irgendwie hin«, sagte er, »das habe ich immer.« Es klang weniger überzeugt, als beabsichtigt.

»Bitte überleg es dir. Ich weiß, dass der Weg nach unten schwer ist. Vor allem, wenn man ganz oben war. Aber du bist damit nicht allein.«

»Wenn ich das hier erledigt habe, wird sich das Blatt wenden.«

»Hältst du es immer noch für eine gute Idee?«

»Habe ich eine Wahl?«

»Ich weiß.« Es war dieser verständnisvolle Klang in ihrer Stimme, den er am meisten an ihr mochte.

»Wie lange musst du noch fahren?«, fragte sie.

»Etwa fünfzehn Kilometer.«

»Und das Wetter?«

Er sah aus dem Fenster. Sein Blick blieb jedoch auf der Scheibe haften, von der bereits der erste Niederschlag in dünnen Strömen herabfloss.

»Trocken. Sonne.«

Sie zögerte einen Augenblick, sagte aber schließlich: »Pass auf dich auf, ja?«

»Ich melde mich heute Abend, wenn ich zurück bin.« Er legte auf und platzierte das Handy neben dem Karton auf dem Beifahrersitz.

Der Sprühregen hatte die Straße bereits mit einem dünnen Wasserfilm belegt. Max schaltete die Scheibenwischer ein, bremste, verlangsamte seine Fahrt. Das Bremsen fiel ihm schwer. Sein rechtes Bein schmerzte. Ein Unfall in seiner Kindheit, an den er sich nicht mehr erinnern konnte. Nicht weiter tragisch, aber mit der Fußballkarriere hatte es sich damals erledigt gehabt.

Besorgt blickte Max auf den Nebel, der sich in der Ferne herabsenkte. Meter für Meter näherte er sich unweigerlich der milchgrauen Wolkenkrone, die die Spitze des Bergmassivs das ganze Jahr über verborgen hielt und vom Rest der Welt abschnitt. Jenem Streckenabschnitt, auf dem die meisten Unfälle geschahen. Den kleinen Karton neben ihm ließ das alles natürlich kalt. Er kannte nur sein Ziel. Dass die Fahrt Max das Leben kosten konnte, war seinem Vater, wie zu erwarten war, gleichgültig. Noch nie hatte die Gefahr dieses unseligen Passes ihn geschert.

Die Kälte drang durch den Stoff des Verdecks. Früher oder später erfasste sie hier im Gebirge alles mit ihrem schneidenden Griff und ließ es nicht wieder los. Max stellte die Heizung an. Wie sehr er sich nach der dichten, warmen Luft in seinem Club sehnte, die nach Alkohol, Schweiß und Pheromonen roch. Diesem schweren innerstädtischen Feierabend-Brodem, der von den Schallwellen eines monotonen

Beats Abend für Abend über den Floor getrieben wurde. Sich endlich wieder anonym unter die Masse genderneutralisierter, teiltätowierter und zugepiercter Städter mischen. Um gemeinsam mit ihnen unter Zugabe einer großen Menge Alkohol, Chemikalien und Körperflüssigkeiten auf der Tanzfläche zur gängigen metropolitanen Melange zu verkochen. Jenem Menschengebräu, dessen immer gleiche Ingredienzen in unterschiedlicher Formation, Konstellation und Komposition nachts durch sämtliche Innenstädte des Planeten eskalierte, flexte, prokrastinierte, work-life-balancte, pornte und hurte. Bis sämtliche Hoffnungen, die dieser faule Zauber versprach, sich im frühen Morgengrauen in nichts als Zigarettendunst, sauren Atem, Enttäuschung und Scham auflösten. Und der Zyklus von Arbeit und Eskapismus von Neuem beginnen konnte.

Selbst um diese frühen Morgenstunden noch sah man den erfolgreichen Endzwanziger als letzten Gast seines eigenen Clubs unbeirrt weitertanzen. Durch die pulsierenden Lichter in die Ferne jenseits des Kunstnebels stieren. Dem Rhythmus hörig, der Schlag für Schlag die Erinnerungen aus seinem rat- und rastlosen Herzen trieb. An die tote Kindheit und die formlosen Fieberträume, die ihn Nacht für Nacht plagten.

Max bemerkte gerade noch rechtzeitig, dass er dem ungesicherten Straßenrand gefährlich nah gekommen war. Er lenkte gegen und konzentrierte sich wieder auf die Straße.

Wenn es eine andere Strecke gewesen wäre, hätte er nach all den Monaten des Stillstands die erste lange Fahrt in seinem Porsche genossen. Er liebte den Wagen. Das Originalmodell von 1965. Mit H-Kennzeichen. Ohne Airbag und den ganzen Neureichen-Firlefanz. Ein Wagen, bei dem man die Kurven noch spürte.

Die Straße bog um eine hohe Felswand und gab den Blick auf die Weite frei. Dort stand er. Der Berg. Dunkel und mahnend erhob er sich vor ihm. Wolkenverhangen, wie immer. Seit jeher hatte er sich seinem Blick entzogen. Durch die Wolken hindurch schien er ihn herausfordern zu wollen. Ihn gleichzeitig zu locken und abzuweisen. Max hatte sich immer gefragt, was dort oben wohl war. Dort, in der kühlen und feuchten Ewigkeit der Höhen. Denn sooft sie auch auf den Berg gefahren waren, den Gipfel hatte sein Vater nie mit ihm bestiegen. Es glich einem Hohn, dass ausgerechnet dieses Päckchen nun dafür sorgen sollte, dass Max es schließlich herausfinden würde. Soweit er wusste, musste sich dort eine Aussichtsplattform befinden. Das sagte zumindest ein rostzerfressenes Schild mit schnörkeliger Schrift, das vor der Abzweigung stand, die steil den Berg hinaufführte. Jedes Jahr hielt sein Vater an dieser Abzweigung. Minutenlang, ohne ein Wort zu sagen. Blickte abwechselnd die Böschung hinauf und im Rückspiegel seinen Sohn an. Jedes Jahr hoffte Max, dass er den Weg nach oben nehmen würde, um ihm endlich zu zeigen, was sich dort oben befand. Und jedes Jahr fuhren sie daran vorbei.

Max war nie das Gefühl losgeworden, dass hier oben etwas geschehen sein musste, das etwas mit ihm zu tun hatte.

Etwas, das diesen Ort zu einem blinden Fleck auf seiner persönlichen Landkarte machte, der sich Jahr für Jahr vergrößerte. Einer Sache war er sich aber sicher. Bei dem wiederkehrenden Ritual, kurz vor dem Gipfel weiterzufahren, konnte es sich nur um eine perfide Lektion seines Vaters handeln. Die in etwa bedeuten sollte: »Ganz gleich, was du tust oder wie hart du dich im Leben abmühst, du wirst niemals die Spitze erreichen. Weil das ganze Leben eine endlose steinige Straße ist. Die *du* fahren musst. Deren Richtung aber *ich* vorgebe. Denn ich bin es, der sie gebaut hat.«

Tatsächlich hatte sein Vater, der hart malochende ewige Straßenarbeiter, als junger Mann am Bau dieses Bergpasses mitgewirkt. Der Pass war sozusagen das frühe Lebenswerk dieses bemitleidenswerten Mannes und alles danach nur Teil seines langen Verfalls bis zu seiner kargen Rente.

Aus dem Sohn durfte also einfach nichts Besseres werden. Aus Trotz zwang Max sich zum Erfolg. Kämpfte. Plagte und mühte sich ab, wie es nur Arbeiterkinder können. Und schaffte es. Als Beweis gab er dem Climaxxx seinen doppeldeutigen Namen, der seinen eigenen in sich verbarg. Und als Logo den verbotenen, nebelumwobenen Berggipfel, auf dem Max schließlich ganz verschwinden konnte. Einsam auf dem Gipfel seines Erfolgs. Sein eigenes Monument, das nun, wie er selbst, vor dem endgültigen Verfall stand.

Er blickte in die Ödnis unterhalb der Straße. Hätte er sein Leben in den letzten Monaten malen müssen, hätte das Bild ausgesehen wie diese tote Felsenwüste. Als er seinen

Mitarbeitern kein Gehalt mehr zahlen konnte, blieb niemand. Außer Julie. Sie war es, die in den letzten Monaten geholfen hatte, seine Einzelbestandteile zusammenzuhalten. Die Abwicklung des Clubs zu managen und sein Leben. Die ihn aufsammelte, wenn er im Suff nicht mehr nach Hause fand. Mit ihren sanftblauen Augen, in denen ein leichter Veilchenschimmer lag, über ihn wachte, bis er eingeschlafen war. Wider Erwarten hatte sein drohender Niedergang sie bisher noch nicht dazu gebracht, für immer aus seinem Leben zu verschwinden. Sie war geblieben. Hatte ihn gerettet. In diesem vermaledeiten Jahr, das eine einzige Talfahrt war. Max merkte, wie seine rechte Hand den mit lila Fäden durchwirkten Seidenschal umklammerte, den Julie ihm geschenkt hatte. Neben ihm sah seine Hand grob und farblos aus.

Gefühle hegte er für sie, keine Frage, hielt sie aber verborgen. Denn er konnte es nicht riskieren, Julie auch noch zu verlieren, indem er sie zu nahe an sich heranließ und Gefahr lief, dass sie die Leere in ihm erkannte.


Max sah den Schotter unter seinem rechten Vorderreifen in die Luft sprengen, bremste und kam im allerletzten Moment zum Stehen. Er blickte hinab in das endlose Felsenmeer. Er hörte, wie die Rotationen des rechten Hinterrads Steine von der porösen Felskante lösten, die lärmend in den Abgrund stürzten. Er überlegte angespannt.

»Mach jetzt bloß keine falsche Bewegung, Junge«, murmelte er. Schließlich legte er den Rückwärtsgang ein, schlug das Lenkrad hart ein und startete den Motor. Drückte sachte auf das Gaspedal. Spürte, wie die poröse Felskante immer weiter unter den Rotationen des Reifens nachgab. Stein für Stein zerbröckelte und in die Tiefe fiel. Das Gewicht des Wagens verlagerte sich immer weiter in Richtung des Abgrunds. Er trat fester aufs Gaspedal. Noch immer bekam der rechte Hinterreifen keinen Halt. Die Drehungen trieben den Schotter nur weiter aus dem Griff des Profils. Jeden Muskel seines Körpers angespannt, stemmte Max sich mit vollem Gewicht auf das Gaspedal. Augenblicke vergingen. Endlich biss das rechte Hinterrad sich in die Fahrbahn und zog den Wagen zurück über die Felskante. Sofort nahm Max den Fuß vom Gaspedal, und trat mit Wucht auf die Bremse, um zu verhindern, dass der Wagen in die Bergflanke fuhr. Sein rechter Fuß verfehlte jedoch das Bremspedal und der Wagen schoss ungebremst in die Felswand. Max schlug mit dem Kopf aufs Lenkrad.

Als er wieder zu sich kam, mussten Stunden vergangen sein. Er fühlte sich benommen. Ließ die Augen geschlossen, und wollte noch einen Augenblick auf dem Rücksitz liegen bleiben. Aber ... wie war er auf den Rücksitz ... Sein Porsche hatte doch überhaupt kei...

Max riss die Augen auf und zog sich am Beifahrersitz empor. Die beigen Polster ließen keinen Zweifel. Er saß im Ford seines Vaters. Sein Vater hatte den Wagen schon vor Jahren verschrotten lassen. Und doch war alles, wie Max es in Erinnerung hatte. Jedes Loch im Polster, jeder Riss, jede lose Naht. Der Karton! Max beugte sich über den Beifahrersitz. Und tatsächlich, er lag dort. Der Karton, der ihn nach all den Jahren wieder hierher zurückgebracht hatte. Max griff nach ihm. Er schien unversehrt. Beim Blick auf seine eigenen Hände ließ er ihn wieder fallen. Ungläubig drehte und betrachtete er sie. Es waren die feingliedrigen Hände eines Kindes. Sein Herz raste. Er blickt durch das Fenster, um herauszufinden, wo er war. Sah das rostzersetzte Schild im Wind schwanken. Die Abzweigung, die zum Gipfel führte. Ein Schauder fuhr ihm unweigerlich die Wirbelsäule entlang und kündigte einen Schrecken an, den er in all den Jahren nicht hatte bannen können. Der sich in so tiefe Schichten seines Bewusstseins gegraben hatte, dass er erst in diesem Augenblick wieder seinen Weg an die Oberfläche fand.

Er wagte lange nicht, auf die Straße zu blicken. Als er es schließlich doch tat, sah er ihn dort stehen, den grauesten aller Menschen. Seinen Vater.

Max erinnerte sich. Es war sein achter Geburtstag. Und etwas war anders als in den Jahren zuvor. Sein Vater hatte dort schon seit unzähligen Minuten gestanden, den Blick starr in den Nebel gerichtet, der die Straße bereits erfasst hatte. Max konnte gerade noch sehen, wie der Nebel die hagere, gekrümmte Silhouette des früh gealterten Mannes vollständig verschlang und den gesamten Raum um den Wagen mit ihm. Unzählige Minuten vergingen, doch sein Vater tauchte nicht wieder auf. Max rief nach ihm. Noch immer keine Regung. Schließlich fasste er den Mut, die Türe zu öffnen, und trat hinaus.

Er ging einige Schritte in den Nebel. Die Stille sog jeden Laut seiner Schritte auf. Max traute sich lange nicht, etwas zu sagen, rief schließlich dennoch zaghaft: »Papa?«

Keine Antwort. Nur ein leichtes Säuseln, das aus der Ferne näherzukommen schien. Ein kaum merklicher kühler Hauch im Nacken. Max krochen die Bilder in den Sinn, die die Erzählungen seines Vaters in ihm heraufbeschworen hatten. Die verzerrten Fratzen all der namenlosen Schicksale. Unglückselige Menschen, die in den Tiefen dieses monumentalen Felsengrabs ihr Ende gefunden hatten. Lautlos und unbemerkt von den Elementen zersetzt wurden, bis sie ohne jede Spur vom Angesicht der Erde getilgt waren. Ihn fröstelte unweigerlich. Er drehte sich um, um zum Wagen zurückzulaufen. Doch augenblicklich schlug ihm ein Wind entgegen, der ihn mit seinem gesamten Gewicht daran zu hindern wollen schien. Der Laute und Klänge an sein Ohr trug, für die er nie Worte finden würde. Max war sich sicher - das, was im Nebel verborgen lag, hatte seinen Vater endgültig eingeholt und kam nun, um auch ihn zu holen. Panik erfasste ihn. Hier zu sterben hieß jenseits jedweder Erinnerung vergessen zu werden.

Tastend stolperte er durch das raum- und zeitlose Weiß. Ein erneuter Windstoß, heftiger. Max verlor das Gleichgewicht, schleuderte gegen die Felswand und fiel. Kam unterhalb des rechten Knies auf einem Felsen auf. Der Schmerz ging wie ein kühler Riss durch seinen Körper und raubte ihm den Atem. Er brachte keinen Laut hervor.

Er richtete sich unter Schmerzen auf, die ihm die Tränen in die Augen trieben, und tastete sich blindlings humpelnd durch den Nebel. Da stießen seine Finger gegen das kühle Metall des Wagens. Endlich fand Max den Griff, riss die Tür auf und warf sich, die Türe hinter sich zuziehend, auf die Rückbank. Krümmte sich dort unter Schmerzen zusammen, während der Nebel unablässig ans Fenster drang. Lautlos am Wagen entlangglitt und gierig an den Scheiben leckte, als wolle er sie mit jedem feuchten Kuss weiter auflösen. Damit die zahllosen Arme jener, die er aus ihren Felsengräbern geködert hatte, nach Max greifen und auch ihn zu seinem Vater in die milchig-seidigen Bahnen ziehen konnten. Max weinte, ohne einen Laut von sich zu geben. Bis seine Augenlider verkrusteten und der Schmerz ihn ermüdete. Er bemerkte noch, dass er sich in die Hose gemacht hatte, war aber zu erschöpft, um etwas zu tun. Der Schlaf übermannte ihn schließlich und er sank in einen dunklen, rasenden Fiebertraum. Durch den sich ein einsamer Gebirgspass wand wie eine entfesselte Schlange, die ihren eigenen Ursprung vergessen hatte und deswegen kein Ende nahm. Die in ihrer Not und ihrem Furor die ganze Welt umspannte, welche nur aus Gebirge zu bestehen schien, das unter ihren Bewegungen in Trümmer zerfiel. In der Ferne ein einsamer, zerklüfteter Berggipfel, der der Wut der Schlange noch nicht zum Opfer gefallen war. Bis sie darauf zusteuerte. Bis sie begann, sich den Berg hinaufzuwinden. Bis sie sich in den unendlichen Nebel schlängelte, der sie vom Gipfel trennte. Den sie immer vor ihm erreichen würde, Max aber nie. Kühlfeuchte, milchgraue Unendlichkeit.

Er wurde jäh aus dem Schlaf gerissen als draußen ein erschütternder Lärm losbrach. Er hob den Kopf vom Lenkrad. Durch den Aufprall des Wagens musste sich ein Steinschlag über ihm gelöst haben. Immer größere Felsbrocken schlugen neben dem Wagen nieder, trafen das Heck. Von der Wucht überrascht, erstarrte Max einen Augenblick. Versuchte dann, die Türe zu öffnen, doch der Weg schien von einem der herabgefallenen Felsbrocken versperrt zu sein. Noch bevor er sich hinüberbeugen konnte, um über die Beifahrertür aus dem Wagen zu gelangen, erstarb der Steinschlag ebenso schnell, wie er begonnen hatte. Perplex starrte Max durch die Fenster in die nebeldunstige Luft, in der noch der Staub der berstenden Felsen lag. Es folgte eine beinahe endlose Stille. Plötzlich schnellte eine Hand ans Fenster der Fahrertür. Max' Herz raste. Er hörte, wie einige Felsbrocken beiseitegeschoben wurden und sah, wie die Wagentüre sich öffnete.

Das staubbedeckte, zerklüftete Gesicht seines Vaters erschien im Türrahmen. In der linken Hand hielt er eine Eisenstange. Die Augen weit aufgerissen, fragte er:

»Was suchst du hier?«

Max war nicht imstande zu antworten oder sich zu rühren.

»Du musst von hier verschwinden. Hörst du?« Sein Vater beugte sich vor und griff nach dem Karton auf dem Beifahrersitz. »Nimm das und verschwinde.« Er presste Max den Karton gegen die Brust.

Max stieß die Beifahrertür auf und sprang aus dem Wagen. Blieb unschlüssig davor stehen.

»Worauf wartest du, mein Junge? Lauf!«

Die Stimme seines Vaters gellte die Felsen empor, erschütterte diese von Neuem.

»Diese Straße führt in den Tod. Und sonst nirgendwohin. Ich habe sie gebaut. Und jetzt werde ich sie zerstören.«

Max sah, wie sein Vater begann, mit der Eisenstange auf die Felswand einzuschlagen. Ohne ihn anzublicken, schrie er: »Lauf!«

Mit dem Karton in den Armen rannte Max in den Nebel. Hörte, wie hinter ihm die Steinlawine abging und die Felsen zu Boden schmetterten. Fühlte, wie der Asphalt unter seinen Füßen splitterte und wegbrach. Ein Felsbrocken schlug vor ihm ein und er konnte ihm nicht schnell genug ausweichen. Er strauchelte und fiel. Spürte, wie die Felslawine tosend über ihm niederging.

Er wusste nicht, was es war, das ihn die Augen schließlich öffnen ließ. Die Eiseskälte des Asphalts, auf dem er bäuchlings lag. Oder der Staub, der noch immer in der Luft hing. Seine Augen tränten und es dauerte, bis er die ersten Formen ausmachen konnte. Er sah seine Hände an, seine Arme.

Groß und wuchtig. Nicht die eines Achtjährigen, sondern die Arme, die er nun schon seit fast neunundzwanzig Jahren kannte. Er spürte einen Schmerz im rechten Bein und drehte sich um. Ein tiefer Riss ging durch das Hosenbein, aus dem eine Menge Blut gelaufen war.

Max setzte sich auf und untersuchte die Wunde. Sie war größer als erwartet. Ihm wurde vom Anblick des Blutes schlecht. Er suchte etwas zum Abbinden. Zog schließlich Julies Schal vom Hals und band ihn sich fest um den Oberschenkel. Der Staubnebel begann sich allmählich zu lichten. Als würde ein unsichtbarer Vorhang aufgezogen, der den Blick auf das freigab, was von der Straße übrig war. Max starrte ungläubig in die riesige Lücke, die dort klaffte, wo die Steinlawine den Gebirgspass durchbrochen und mit sich hinabgerissen hatte. Es mussten mindestens hundertfünfzig Meter sein, womöglich zweihundert. Der Gebirgspass war durchtrennt, zerstört. Dazwischen lag nur noch ein einziger Geröllhang, der sich hunderte Meter tief ins Tal erstreckte. Zwischen den Trümmern erblickte Max einige feuerrote Metallfetzen. Alles, was von seinem Wagen übriggeblieben war. Er tastete seine Hosentaschen ab, aber sein Handy lag natürlich mit dem Wagen in den Trümmern. Und mit ihm die einzige Chance, Hilfe zu rufen.

In der Mitte, über dem Abhang, konnte Max das alte Schild ausmachen. Dort, wo die Abzweigung sich befunden hatte, die zum Berggipfel führte. Vom Weg waren nur noch Bruchstücke übrig. Nun würde er ihm für immer versperrt bleiben. Sein Vater hatte ihn zerstört, ehe Max den Gipfel ein einziges Mal erklommen hatte.

Einige Meter vor sich erblickte er den Karton, der zerschmettert auf dem Boden lag. Max stützte seine Hände auf. Ein scharfer Schmerz fuhr durch sein Bein, aber er schaffte es, sich aufzurichten. Er stakste zum Karton und hob ihn auf. Er war völlig zerdellt, ein tiefer Riss ging durch die Seite. Hastig öffnete er ihn. Griff hinein. Ein Glück, der Verschluss hatte sich nicht gelöst.

Er hörte im Nebel ein Geräusch und horchte auf. Da, noch einmal. Erst hielt er es für einen Vogel, der im Wind rief, aber dann konnte er sie klar und deutlich hören.

»Hallo?« Eine Frauenstimme. »Hören Sie mich? Können Sie uns bitte helfen?«

Max zögerte, nahm aber schließlich den Karton und hinkte unter Schmerzen in die Richtung, aus der die Stimme kam.

»Sind Sie verletzt?«, fragte er.

»Wir haben uns verlaufen. Wir suchen den Weg zurück zur Plattform.«

Die Stimme wurde immer klarer, je näher er kam.

»Ein Steinschlag hat die Straße zerstört.«

»Ein Steinschlag?«

Max war nur wenige Schritte von ihr entfernt, doch noch immer konnte er sie nicht im Dunst ausmachen.

»Haben Sie meinen Mann gesehen? Mein kleiner Sohn ist bei ihm.«

»Nein, hier ist niemand.«

»Können Sie uns bitte helfen, den Weg zu finden?«

Ihre Umrisse erhoben sich aus dem Dunst. Sie waren zu dritt. Eine Frau und zwei Kinder. Ein Junge von etwa fünf, und ein Mädchen von etwa vier Jahren. Die Frau hatte lange dunkle Haare und trug ein weites, helles Sommerkleid. Die Kinder hatten kurze Hosen an und bunte T-Shirts, deren Farben sich im Nebel schwer ausmachen ließen. Die stechende Kälte schien ihnen nichts auszumachen.

»Da hinten muss irgendwo ein Pfad sein«, sagte sie und trat zurück in den Nebel.

Max sah auf sein Bein. Und folgte ihnen unentschlossen.

»Wir waren auf der Aussichtsplattform, um den Geburtstag meines Sohns zu feiern. Er musste mal und sein Vater ging mit ihm.« Sie lächelte. »Und dann kam dieser Nebel.«

»Schau mal, wir haben Blumen gesammelt.« Das kleine Mädchen streckte Max einen Korb mit Veilchen entgegen.

»Das sind meine Lieblingsblumen«, sagte die Frau und ihre blassblauen Augen leuchteten. »Hier oben wachsen sie sehr selten, aber wir hatten Glück, nicht wahr?« Sie strich dem kleinen Mädchen zärtlich übers Haar.

»Wir machen daraus einen Strauß für meinen kleinen Bruder«, sagte der kleine Junge. »Er ist heute zwei geworden.«

»Das machen wir«, sagte die Frau. »Doch nun kommt. Wir müssen zurück, bevor es dunkel wird. Euer Vater wartet sicher schon.« Sie schob die Kinder behutsam vorwärts.

»Ich bin müde, Mama. Ich mag nicht mehr«, sagte das Mädchen.

»Es dauert nicht mehr lang. Wir finden Papa und dann gehen wir alle zusammen nach Hause.«

Das Mädchen streckte die Arme aus.

»Na komm.« Die Mutter hob sie hoch und nahm sie in den Arm. Sie gingen weiter.

Der Junge blieb zurück. Verschränkte die Arme und bewegte sich nicht von der Stelle.

»Könnten Sie, bitte?«, fragte die Frau und schmunzelte.

»Sicher. Aber ich will ihn nicht fallen lassen«, sagte Max und wies auf sein Bein, das noch immer blutete.

Sie ließ das Mädchen runter und beugte sich herab. Berührte ihn sanft am Knie.

»Es ist doch nur ein kleiner Kratzer, sehen Sie?«, sagte sie. »Die Hose ist allerdings hinüber.« Sie nahm das Mädchen wieder in den Arm.

Und tatsächlich konnte Max ohne größere Schwierigkeiten in die Hocke gehen, um den Jungen auf seine Schultern steigen zu lassen. Er war für sein Alter sehr leicht.

»Der Weg muss irgendwo dort hinten liegen«, sagte die Frau.

Sie gingen tiefer in den Nebel.

»Ich fürchte, der Weg zum Gipfel ist zerstört«, sagte Max. »Wir kommen von oben. Dort war wirklich nichts zu spüren.«

Max bemerkte, dass sie von der Straße abgekommen waren und mittlerweile einen kleinen Pfad hinabstiegen.

»Sehen Sie. Hier müssen wir vorhin entlanggegangen sein.«

»Aber der Weg führt nach unten«, sagte Max.

»Tun das nicht alle Wege manchmal?« Sie lächelte ihm aufmunternd zu. »Selbst die, die sonst steil nach oben führen?«

Das hätte von Julie sein können.

Max wurde schwindelig. Es lag nicht am Jungen auf seinen Schultern. Der hatte das Gewicht eines Vogels. Das Bein machte ihm zu schaffen. Aber er wollte es sich nicht anmerken lassen, schwieg und konzentrierte sich darauf, weder den Jungen noch das Päckchen fallen zu lassen. Was ihm im dichten Nebel nicht leichtfiel, der den ganzen Sauerstoff aus der Luft verdrängt zu haben schien. Max stakste eine Zeit lang schweigsam hinter der Frau und dem Mädchen her. Sie stiegen die Böschung hinab. Er wollte sie warnen, dass dies der falsche Weg sei, dass sie immer weiter hinabgelangten. Aber er musste seine ganze Kraft aufwenden, um nicht über die vielen Steine zu stolpern oder auf dem feuchten, satten Gras auszurutschen, das zwischen ihnen hervorspross. So lebendig hatte er diese Gegend noch nie gesehen.

Sie konnten nur Minuten gegangen sein, aber jeder Schritt fiel ihm so schwer als seien sie schon seit Stunden unterwegs. Sein Bein pulsierte und zuckte unweigerlich. Die ersten Regentropfen gingen nieder.

»Wir haben es fast geschafft«, rief die Frau ihm über die Schulter zu, und ihre Stimme verschwamm im Nebel. »Wir sind gleich da.«

Der Regen brach los. Und mit ihm eine Erschöpfung, die Max' gesamten Körper überkam. Es war als zerre die gesammelte Last aller erlebten, geträumten und vergessenen

Dinge seines Lebens auf einmal an ihm. Der Karton weichte im Regenguss auf. Wurde immer schwerer. All seine Lebensjahre schienen auf diesem einen Gang zu lasten. Diesem Karton. Sein Bein fühlte sich taub an. Max konnte nicht mehr. Weder nach oben. Noch nach unten. Er sank auf die Knie und lehnte sich gegen einen Felsen. Spürte, wie der Junge von seinen Schultern stieg und sah ihn in den Nebel seiner Mutter nachlaufen.

Sie hatten ihn alle zurückgelassen. Er hatte keine Kraft mehr, ihnen nachzurufen. War zu Tode erschöpft. Der nasse Karton glitt ihm aus den Händen. Fiel über einige Steine und kam an einem Felsen zum Stehen. Begann sich im stärker werdenden Regen langsam aufzulösen und gab seinen Inhalt preis. Max wendete seinen Blick vom Glanz des Messings ab. War das wirklich der Grund, warum sein Vater ihn hierhergeschickt hatte? Wollte er nicht insgeheim, dass der Sohn, den er nie geliebt hatte, herkam, um hier zu sterben?

Max kroch über den schlammigen Boden, umklammerte das kühle Metall, hievte es sich in die Arme, und begann unkontrolliert zu schluchzen. Wie sinnlos er die gleichen Fehler gemacht hatte. Wie hart und kalt er geworden war. Wie idiotisch er auch den einzigen Menschen auf Abstand gehalten hatte, dem er je etwas bedeuten würde. Der Tod würde seine Erlösung sein.

Max hatte nicht bemerkt, dass die Frau zurückgekehrt und aus dem schwächer werdenden Nebel getreten war. Sie kniete sich neben ihn, trug ein Veilchen im Haar.

»Wir sind nun da. Vielen Dank.« Sie lächelte ihn an. Sah, dass er weinte. »Sie sollten nicht so hart mit sich sein, junger Mann.« Sie strich ihm die nassen Strähnen aus dem Gesicht. Blickte ihn lange an. Sah auf seine Hände, die das Behältnis in seinem Schoß umklammert hielten.

»Für Ihr Alter tragen Sie sehr schwer. Erlauben Sie mir, Ihnen zu helfen.« Sie nahm ihm das Gefäß aus der Hand.

Max überließ es ihr ohne Widerworte.

Sie blickte es an, fuhr mit dem Finger behutsam über die schlichte Gravur und lächelte sanft.

»Wissen Sie, mein Mann ist der stärkste und liebevollste Mensch, den ich kenne«, sagte sie. »Wenn seiner Familie aber je etwas zustoßen würde, bräche es ihm das Herz. Er wäre nur noch ein halber Mensch. So sehr würde es ihn verletzen.« Sie blickte Max in die Augen.

Er hatte kaum noch Kraft, ihren Blick zu erwidern.

»Sie erinnern mich an ihn. An alles, was ich an ihm liebe und schätze.«

Max wandte sich ab. Worte wie diese waren ungewohnt für ihn.

»Ich wünschte, ich würde Sie besser kennen«, sagte sie und drehte sein Kinn zu sich. Sie nahm ihn in den Arm und schmiegte ihn wie ein Kind an ihre Schulter.

Er ließ es geschehen. Sein Blick verschwamm zunehmend und er hatte große Schwierigkeiten, bei Bewusstsein zu bleiben. Er sah, dass kein Tropfen in ihrem Haar hing. Auch dem Rest ihres Körpers hatte der Regen nichts anhaben können.

»Ich bin mir sicher, Ihre Eltern lieben Sie sehr.« Sie strich ihm über die Wange und entfernte eine Träne. Sah ihn eindringlich an. »Merke dir, niemand kann immer stark sein. Und niemand muss es. Auch du nicht.« Ihre Stimme schien aus immer weiterer Ferne zu kommen. Mit der Rückseite ihrer Hand strich sie über seine Wange.

Eine Müdigkeit legte sich über Max, wie er sie nie gekannt hatte. Der Regen wurde schwächer. Die laue Behaglichkeit seiner eigenen Körperwärme umgab ihn und er musste sich zwingen, wachzubleiben.

»Bleib und ruh dich aus. Es wird jemand kommen und dich finden«, flüsterte sie fast unmerklich.

Max glitt am feuchten Felsen hinab und kam, den Kopf am Felsen lehnend, auf dem nassen Grashügel zum Liegen.

Sie beugte sich zu ihm nieder, strich ihm sanft durchs Haar. Nahm das Veilchen aus ihrem und steckte es ihm hinters Ohr.

»Bleib nicht allein. Du bist es nicht.« Sie küsste ihn auf die Wange, strich ihm zärtlich die Haare aus der Stirn, lächelte ihn ein letztes Mal an, stand auf und schritt die Böschung hinab.

Max konnte kaum die Augen aufhalten, um ihr nachzusehen. Ihrem langen Haar und dem hellen Kleid, das im milden Schein der Abendsonne wehte, die gerade hinter den Wolken hervorbrach. Das Gras um ihn schimmerte rot. Lag es am roten Schein der Sonne oder blutete sein Bein? Das Pulsieren hatte aufgehört. Er spürte kaum noch einen Schmerz.

Mühsam wendete er seinen Kopf. Konnte das goldfarbene Messinggefäß jedoch nicht finden. Die Frau musste es mitgenommen haben. Er sah ihr nach. Sah, wie sie am Rand der weiten Aussichtsplattform, von der aus man ins gesamte Tal blicken konnte, zu ihrem Mann stieß, dem Jungen und dem Mädchen. Max konnte das dritte Kind nirgendwo sehen. Aber das lag vielleicht nur an seiner Müdigkeit. Er versuchte, die Silhouette des Mannes zu erfassen, konnte sie im Sonnenuntergang jedoch nicht klar erkennen. Ihm schien, als habe er etwas Hageres, Zerklüftetes an sich. Und dennoch stand er aufrecht, als sei er kürzlich von einer großen Last befreit worden. Ihre Schemen verschwammen zunehmend in der untergehenden Sonne. Täuschte er sich, oder winkten sie ihm für einen Moment zu? Seine Augen fielen endgültig zu und Max sank in den ersten ruhigen Schlaf seit Jahren.

Die Rückreise im Helikopter kam ihm vor wie ein Traum. Julie saß neben der Trage, auf der sie ihn fixiert hatten. Er wollte ihr erst nicht glauben, was sie erzählte. Dass er vier Tage verschollen gewesen war. Dass sie einen Rettungshelikopter losgeschickt hatte, als sie ihn nicht erreichen konnte. Dass man ihr erst nicht helfen wollte, da der Gebirgspass bereits Anfang des Monats von den Unwettern unterspült worden und in sich zusammengebrochen sei. Dass es deswegen niemandem mehr möglich gewesen sein konnte, ihn zu befahren. Dass man seinen Porsche gefunden hatte und bereits vom Schlimmsten ausging. Sie aber darauf bestanden hatte, mitzufliegen und den Berggipfel weiter nach ihm abzusuchen. Obwohl man ihr versicherte, dass die Aussichtsplattform schon vor langer Zeit einem Erdrutsch zum Opfer gefallen sei, weil sich darunter ein Steinschlag gelöst hatte. Dass der Pilot die Suche gerade aufgeben wollte, als Julie im letzten Licht des Tages das blutrot flammende Violett des augenförmigen Veilchenmeeres auffiel, in dem sie Max schließlich fanden. Friedlich schlafend, mit einer Blume hinterm Ohr.

Sie berichtete ihm, was der Pilot erzählt hatte. Dass der Helikopter erst neulich gekauft worden war. Vom Geld einer Stiftung für die Sicherheit von Gebirgsstraßen. Die ein kürzlich am Virus verstorbener Straßenbauer ins Leben gerufen hatte, nachdem er vor vielen Jahren fast seine gesamte Familie bei einem Erdrutsch verloren hatte. Dass die Aussichtsplattform auf dem Gipfel, an der er selbst mitgebaut hatte, damals in sich zusammengestürzt war und sie mit sich hinabgerissen hatte. Dass sein Sohn das Einzige war, was ihm geblieben war. Dass der Mann noch vor seinem Tod darauf bestanden hatte, dass der Helikopter, den er stiftete, nach seinem Sohn benannt wurde.

Weiter kam Julie nicht. Sie brach in Tränen aus, die Max ihr von den Wangen strich. Als er sie schließlich fragte, ob sie die Urne seines Vaters gefunden hätten, verneinte sie. Nur die Reste eines Kartons. Er blickte Julie lange in die blauen Augen, betrachtete den violetten Schimmer, der in ihnen lag.

»Lass uns den Club verkaufen«, sagte er.

»Was hat deine Meinung geändert?«

»Ich war ganz oben, nicht wahr?«

»Das warst du.«

Täuschte er sich, oder hatte ihr Parfum eine Veilchennote?

»Und jetzt bin ich ganz unten angelangt.«

Sie schwieg und wich seinem Blick aus.

»Und doch war ich niemals höher als in diesem Augenblick.«

Er griff sich hinters Ohr, wo das Veilchen sich noch immer befand. Nahm es und steckte es Julie ins Haar. Und sie ließ es darin. Lächelte ihn an und strich ihm das Haar aus der Stirn. Der letzte Sonnenstrahl des Tages verblasste auf ihrem lächelnden Gesicht. Mit diesem Bild vor Augen schlief Max schließlich ein. Kein Albtraum mehr, der ihn noch plagte. Nur das Geräusch des sanft prasselnden Regens im Ohr und der Veilchenduft der Wiese, der ihm noch immer um die Nase wehte. Es war sein 29. Geburtstag und er hatte es endlich bis ganz nach oben geschafft.

# Die Autorinnen und Autoren

**Cihan Azak** ist freischaffender Autor und Multimedia-Künstler aus Stuttgart. Seine künstlerischen Arbeiten umfassen eigeninitiierte Großprojekte für Theater und Film, in deren Rahmen er auch als Schauspieler, Musiker und Komponist tätig ist. Zurzeit arbeitet Cihan an seinem Romandebüt, das im Jahr 2022 fertiggestellt werden soll.

**Sabine Bartsch** wurde in Oldenburg geboren, wo sie eine unbeschwerte Kindheit mit ihrer Freundin Pippi Langstrumpf verbrachte, bevor sie dem englischen Snob Somerset Maugham verfiel, der sich ihre Liebe allerdings mit dem amerikanischen Trinker Ernest Hemingway teilen musste. Heute ist sie Geschäftsführerin eines Kulturzentrums und schreibt nebenher Jugendbücher. An ihrem ersten Krimi beißt sie sich seit Jahren die Zähne aus.

**Beatrix Erhard** ist studierte Historikerin, ausgebildete Journalistin und schreibt Prosa und Drehbücher, vorwiegend in den Genres Krimi, Thriller, Horror und Historische Fiktion. Seit 2015 veröffentlicht sie Kurzkrimis und Erzählungen in Anthologien und als Hörbücher. Sie lebt und arbeitet in Hohenlohe-Franken.

**Mareike Fröhlich** ist freie Lektorin, Autorin und Dozentin an der Akademie der Deutschen Medien. In ihren Geschichten beschäftigt sie sich vorwiegend mit der menschlichen Psyche.

Die Psyche wurde bei vielen während der Pandemie – vor allem während des Lockdowns – auf eine harte Probe gestellt. Auch Mareike Fröhlich bekam so manche eigenartige E-Mail und die Idee zu dieser Geschichte.

**Dietmar H. Herzog** lebt und arbeitet als Autor und bildender Künstler in Senden. Nach dem Studium der Geodäsie studierte er an der Kunstakademie Stuttgart. Mehrere Anerkennungen und Kunstpreise zeugen von seiner kontinuierlichen und erfolgreichen Ausstellungstätigkeit in Museen und Galerien.

Seit 2011 erschienen mehrere Publikationen in verschiedenen Verlagen.

**Isabel Holocher-Knosp** ist 1973 in Tübingen geboren und wuchs am Fuße der Burg Hohenzollern auf. Heute lebt sie in Neuffen und arbeitet an einer Grundschule als Lehrerin. Seit 2015 schreibt und veröffentlicht sie Krimis und Kinderbücher. Die Erste Staatsprüfung im Fach Deutsch/ Literaturwissenschaft absolvierte sie erfolgreich zum Thema Krimi.

**Adi Hübel** ist im Allgäu geboren und lebt heute in Ulm. Sie arbeitete zunächst als Pädagogin. Später studierte sie in München Theaterwissenschaften und leitete zwanzig Jahre ihr kleines Theater in Ulm. Sie schrieb Stücke für Erwachsene und Kinder. Inzwischen erschienen von ihr vier Gedichtbände, fünf Romane und Kurzgeschichten. Sie ist Mitglied bei den Mörderischen Schwestern und bei den Ulmer Autoren '81 e.V.

**Yasmin Huray** ist am 21.03.2005 in Bad Cannstatt, Stuttgart geboren. Heute lebt sie in Esslingen. Momentan geht sie in die 11te Klasse und macht voraussichtlich 2024 ihr Abitur. Schon im Alter von 12 begann sie leidenschaftlich Geschichten zu schreiben und veröffentlicht noch dieses Jahr ihren ersten Jugendroman.

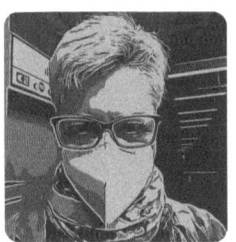

**Petra Naundorf** verschlingt schon immer alles, was aus Buchstaben besteht. Die Folgen: Buchhändlerlehre, Germanistikstudium, arbeiten im Verlag, Autorin. Seit 2015 veröffentlicht sie Krimi-Kurzgeschichten. Während des Lockdowns entdeckte sie viel Interessantes bei ihren Streifzügen durch volle Parks und leere Industriegebiete. Seitdem fotografiert sie die Kulissen für ihre Geschichten.

**Petra Ritter** wächst 1950 im Westen Berlins auf. Die Insellage der Stadt hat sie schon als Kind bedrückt und weckte ihren Wunsch nach Freiheit.

Mit 35 Jahren entschied sie sich, gemeinsam mit ihren beiden Töchtern, ein neues Leben im Großraum München aufzubauen. In den neunziger Jahren überzeugte sie mit Erfolg, emanzipiert ihren Lebensstil, als Frau mit Kindern und Beruf »ihren Mann« zu stehen. Genutzte Resilienz ist für sie der Schlüssel, ohne Abhängigkeit, Bedürfnisse und Emotionen mit Vernunft auszuloten.

**Monika Schotsch** ist leidenschaftliche Texterin und Erfinderin. Seit vielen Jahren arbeitet sie als selbstständige Werbetexterin und Lektorin. Sie ist verheiratet und lebt in einer idyllischen Kleinstadt auf der Schwäbischen Alb.

Mit der Veröffentlichung ihrer Poesie-Trilogie hat sich die Autorin einen lang ersehnten Herzenswunsch erfüllt.

**Jürgen Seibold**, 1960 in Stuttgart geboren, gelernter Journalist und jahrelang freier Musik- und Filmjournalist, schrieb 1989 seine erste Musikerbiografie und 2007 seinen ersten Kriminalroman. Nach Theaterstücken, weiteren Krimis und anderen Romanen entstand 2021 das Kurzhörspiel »Ein Sack Reis«, das auf Hörspielfestivals in Leipzig und Chemnitz ausgezeichnet wurde.

**Silja Tobusch** ist 1988 in Bielefeld geboren und wuchs in der Kleinstadt Enger auf. Sie studierte in Nijmegen Arbeits- und Organisationspsychologie und lebte in Köln, Bamberg und Stuttgart, bevor sie nach Gärtringen zog. Heute arbeitet sie als Human-Resources-Managerin in der Medizintechnik und schreibt an ihrem ersten Roman. Die Kurzgeschichte in dieser Anthologie ist ihre erste Veröffentlichung.

**Martina Uhl,** geboren 1970 in der Nähe von Stuttgart, ist Trainerin, Coach und Leseratte. Die Literatur zieht sich wie ein roter Faden durch ihr Leben. In Schule, Deutsch-Studium und einer langjährigen Tätigkeit im Kommunikationsbereich hat sie die Lust an der Sprache und den Worten immer begleitet. Sie schreibt Kurzgeschichten und arbeitet an ihrem Kriminalroman.